Click 클릭

원예령 소설

Click 작품을 쓰면서 듣던 플레이리스트

망할. 마음대로 움직이지 않는 손가락을 이리저리 구부려보던 서이는 카메라를 모래 속으로 떨어뜨렸다. 그제야 내려다본 해변에서 잊고 있던 통증이 몰려와 번졌다. 살이 까끌까끌하도록 뜨거워진 모래 위에 그대로 놓인 자신의 발바닥이, 정수리와 함께 점점 익어가는 듯했다. 하와이의 오아후섬은 언제나 그랬듯이 채도 높은 공기를 품고 있었다. 서이는 다시 낡은 필름 카메라를 줍고 조심스럽게 모래 위를 걸었다. 낡은 카메라를 손에 꼭 쥔 채로.

해변은 다채로운 색의 화려한 옷을 입은 관광객과 코코넛 보이들로 붐볐다. 서이는 가볍게 손을 턴 다음 카메라를 들어 올렸다. 오아후섬의 모든 것을 담기 위해서였다.

"아!"

하지만 정작 셔터를 눌러야 할 손가락은 경직되어 움직이지 않았다. 사진 찍는 것을 포기하고 카메라를 눈에서 내렸을 때, 왜소하게 생긴 코코넛 보이가 자신의 바짓가랑이를 잡고 있었다. 말로만 듣던 전형적인 수법이었다. 지금 안 사면 계속 따라올 것이 분명했지만, 서이는 손을 저으며 괜찮다고 표현했다.

"Ice-cold coconut water, get it while it's hot! (얼음처럼 시원한 코코넛 워터, 지금이 딱이야!)"

그런데도 코코넛 보이는 서이의 말을 무시하고 계속 말을 이었다. 서이는 멍하니 코코넛 보이를 바라보고는 곤란한 표정으로 다시 손사래를 쳤다. 그러자 코코넛 보이는 코코넛을 서이 얼굴 가까이에 들이밀고 그를 바라보았다. 그런 상황이 어색한 서이는 애써 웃기만 했다. 아, 이거 잘못 걸렸네.

"알았어, 잠시만."

더 이상 피곤해지기 싫었던 서이는 급하게 지갑을 꺼내 돈을 코코넛 보이의 손에 쉬여주고는 코코닛을 받았다. 그제야 만족한 그는 쿨하게 뒤로 돌아 관광객들을 살피기 시작했다. 미치겠네. 서이는 피곤한지 힘없이 분홍색 빨대로 코코넛 워터를 한 모금 마셨다. 그냥 밍밍한 물과 같은 것을 파이브 벅스(Five bucks = 5달러)에 판다니 조금 아이러니했다. 어쩔 수 없이 카메라를 가방에 넣고 코코넛 워터를 양손으로 들고 걸어 다닐 수밖에 없었다.

"사람들이 많아서 바다만을 온전히 담기에는 힘들 것 같네."

서이는 혼잣말을 하며 사람들이 없어 보이는 더 깊숙한 해변을 찾아보기로 했다. 한참을 걸어 와이키키의 소란스러운 인파에서 벗어나서야 서이는 그제야 차분한 마음으로 오아후섬의 남쪽 끝자락의 작은 해변에 도착했다. 코코넛 워터도 걸어오면서 벌써 다 마셨다. 그곳에는 어떤 화려한 관광객도, 소란스러운 코코넛 보이도 없는, 정말 파도 소리와 색감에만 집중할 수 있는 바다가 있었다. 아까와는 다르게, 같은 온도로 까슬거리던 모래도 부드러운 느낌을 주었다. 그런 모래 위엔 오직 서이의 발자국만이 또렷하게 남겨지고 있었다. 서이는 적당한 곳에 자리를 잡고 무거운 손가락을 이리저리 움직이며 낡은 필름 카메라를 조심스럽게 손에 쥐었다. 이게 뭐라고 이렇게 긴장이 되고 걱정이 되는지. 이 상황이 그저 웃음만 나오는 서이는 미소를 지으며 바다를 바라보았다. 조용하다.

"여긴 담고 싶은 배경이 너무 많단 말이지."

서이가 카메라를 통해 다시 쨍한 바다를 바라보며, 조용히 숨을 죽였다. 그때, 서이는 누군가를 발견했다. 먼저 이곳의 고요함을 느끼고 있던 사람이 있었다. 그의 조용함을 깨고 싶지 않은 마음에 서이는 카메라 셔터를 누르지 않고 살포시 손가락을 올려놓았다. 저 멀리서 파도와 함께하는 남자의 모습을 따라 카메라가 움직였다. 렌즈 너머로 보이는 저 모습이 왠지 모르게 가지고 싶었다. 온도, 공기, 습도, 채도 전부 다.

이번에는 카메라를 내려놓고 오직 서이의 눈으로만 그를 쫓았다. 혼자 파도에 올라 여유롭게 서핑을 즐기는 저 사람은 어떤 사람일까. 수많은 모습을 카메라에 담으며 살았지만, 이토록 마음이 목이 메었던 적이 있었던가. 그렇게 많은 날을 보고 느낀 것은 아니지만, 마지막, 정말 마지막으로 담고 싶은 순간이 있다면 지금일 것이라는 생각이 스쳐 지나간 것뿐 아니라 마음에 깊고 빠르게 맴돌았다.

햇살이 수면 위에 날카롭게 반사되고, 남자는 그 반짝이는 파도 속을 가르며 마치 늘 그렇듯이, 해변에는 아무도 없다는 듯 파도와 단둘이 있는 것처럼 유영했다. 해변과 바다 사이, 그 어디에도 속하지 않은 경계속에서 물살에 몸을 맡겼다. 세상의 어떤 소리도, 시선도 전부 파도를 타고 내려가는 것처럼 사라지는 순간 속. 무엇도 묻지 않고 대답하지 않아도 되는 곳에 있는 것만 같았다.

그날따라 남자는 이상하게 시선 하나가 느껴졌다. 처음에는 그저 착각이라고 생각했다. 가끔 관광객들이 찾아오기도 하는 곳이기 때문이다. 하지만 뭔가 감겨오는 이상한 느낌이었다. 흔한 사람들이 구경하는 파도도, 하늘도 아닌 남자의 호흡을 따라오는 듯한 시선. 그 시선에 자신도 모르게 미끄러지듯이 해변 가까이로 몸을 돌렸다. 남자는 모래 위에 낡은 필름 카메라를 고집스럽게 잡은 아주 조용한 서이를 보았다.

남자는 서이를 신기해하며 자신을 더 따라오라는 식으로 더 빠르게 파도 위를 달렸다. 그럴수록 서이는 더 악착같이 따라갔다. 그의 동작 하나하나에 당장이라도 셔터를 누르고 싶은 마음을 꾹 참고 그의 움직임이 계속 이어지기를 바라고 있었다. 남자는 힐끔힐끔 서이를 바라보았다. 대범하게 움직이며 조용히 몰래 웃음을 지었다.

그렇게 한참을 파도 위에 있었을까. 뜨거운 모래가

익숙해졌을 때 남자는 해변으로 걸어 나왔다. 서이는 멀리서만 보이던 남자의 흐릿한 얼굴이 궁금해져 자신도 모르게 빤히 바라보았다.

“안녕.”

갑작스럽게 남자가 말을 걸었다. 그것까진 생각하지 못했던 서이는 당황한 표정으로 얼었다. 항상 자신이 모르는 말로 인사를 걸던 사람들과는 달리, 익숙하게 한국어를 구사하는 그가 신기했다. 솔직히 서이는 반가웠다.

“서핑 좋아하나요.”

남자는 그렇게 말하면서 자연스럽게 서이의 옆에 앉았다. 서이는 자신이 상대를 노골적으로 너무 바라봤다는 것에 후회하고 있었다. 민망함에 카메라를 만지작거렸다. 남자는 시선을 서이의 얼굴에서 카메라로 옮기며 중얼거렸다.

“사진을 좋아하나.”

생각보다 자신을 더욱 자세하게 바라보는 남자에 더

욱 당황스러웠다.

"제가 그쪽을 너무 빤히 바라봤네요, 죄송해요."

서이는 빠르게 사과했다. 남자는 그런 서이가 재미있는지 오히려 웃으며 농담했다.

"저기 보이죠? 저기서도 느껴져요."

하지만 그 말은 서이의 얼굴을 붉게 만들었다.

낯선 목소리, 낯선 얼굴. 하지만 남자에게서 나는 바다 냄새만큼은 낯설지 않았다. 서이는 용기를 내어 남자를 바라보았다. 남자는 서이가 생각한 것보다 더 어려 보였다.

"관광하기에는 와이키키가 낫던데, 보통 그쪽에서 놀잖아요. 여긴 너무 조용하지 않은가요."
"그런가요. 전 여기가 더 좋네요."

남자는 서이의 말에 짧게 호응해 주며 고개를 끄덕였다. 하긴, 여기만 한 명소가 없죠.

"한국에서 오셨나 보네요."

남자가 물었다. 서이는 고개를 끄덕였다.

"저도 한국 사람인데, 보다시피."

남자는 웃으며 말했다. 서이는 웃음을 참으려다 결국 작게 웃어버렸다.

"바다도 좋아해요?"

서이는 '당신이 저기서 서핑하던, 그러니까 당신이 있는 바다가 좋다고' 말하려다 그냥 입을 꾹 닫고 고개를 끄덕였다. 남자는 서프보드를 옆에 놓았다. 깔끔한 서프보드에는 작게 이름이 적혀있었다. '태온.' 남자의 이름이었다. 아쉽게도 서이는 그 작은 글씨를 보지 못했다.

태온은 서이가 여전히 쥐고 있는 낡은 필름 카메라에 관심을 보였다. '이걸로 나 찍은 거예요?' 태온의 시선을 따라간 서이는 자신의 손에 있는 작고 낡은 필름 카메라를 내려다보았다. 서이는 어색하게 웃으며 고개를 저었다.

"찍지는 않았어요. 그냥."

태온은 조용히 고개를 끄덕였다. 그는 왜 카메라를 그렇게 열심히 들고 있었으면서 정작 자신을 찍지 않았다는 서이의 말에 의문을 품었지만, 그저 고개만 끄덕였다.

그런 모습이 오히려 서이의 눈에는 여유로워 보였다. 언제나 급하게 카메라만 찾는 자신과는 다르게, 여유롭게 상대방을 바라보며 반응해 주는 모습. 서이는 용기 내 처음으로 물었다.

"그쪽도 놀러 왔나 봐요."
"아니요, 저 여기 근방에 살아요."

생각지 못한 답변에 놀랐지만, 서이는 아무렇지 않게 태온이 한 것처럼 고개를 끄덕였다. "그런데요." 태온이 턱짓으로 카메라를 가리켰다.

"나도 찍어봐도 되나요?"

서이는 천천히 카메라를 건넸다. 카메라는 부드럽게 미끄러져 태온의 손 위에 안착했다. 떨어지는 카메라의 촉감에 손끝이 조금 떨렸다. "우와." 태온은 짧게 감탄하고 카메라를 들어 올렸다. 서이를 바라본 채로.

항상 카메라 너머만 바라보던 서이는 처음으로 마주 본 카메라에 멍해졌다.

"절 찍으시려고요?"
"네."

태온은 당연하다는 듯이 웃었다. 반짝이는 렌즈가 서이의 얼굴을 바라보았다. 서이는 굳은 듯 어색하게 서 있었다. 태온은 처음 들어보는 노래의 멜로디를 흥얼거리며 자세를 잡았다.

"자, 웃어요."

태온의 말에 작게 웃어 보였다. 항상 찍어주던 입장이었던 탓에 정작 본인을 찍어본 적이 없었다. 딱딱하게, 멈춰버리는 손가락에 다른 이들처럼 브이도 하지 못하고 그저 조용히 등 뒤로 손을 숨겼다. 찰칵. 빠르게 플래시가 터지면서 사진이 찍혔다. 태온은 멋쩍은 듯 머리를 긁으며 카메라를 건넸다.

"처음 찍어보는 거라서 잘 나온다는 보장은 없어요."
"괜찮아요."

서이는 조심스럽게 카메라를 받아 사진을 확인했다. 쨍한 하늘과 해변을 배경으로 어색하게 서 있는 서이가 흔들리게 찍혔다. 서이는 그 사진을 보고 자신도 모르게 작게 웃었다. 태온은 제법 그럴듯한 자세를 잡고 찍었지만, 초점이 날아가고 흔들린 사진, 그리고 사진 속 자기 자신이 모든 시선을 붙잡고 버렸다.

"왜요? 이상해요?"

태온이 기웃거리며 가까이 다가왔다. 서이는 계속해서 사진을 보고 미소 지었다.

"아뇨, 잘 나왔어요."

태온은 자신이 찍은 서이의 사진을 보고 민망함에 웃었다.

"아니, 이게."

입을 손으로 가리고 웃지 않는 척 사진을 보고 태온이 중얼거렸다.

"이게, 손이 좀 떨렸나?"

　그의 목소리에는 조금의 억울함도 묻어 나왔다. 서이는 여전히 웃으며 사진을 보았다.

"전 마음에 들어요. 미안해요."

둘은 한참을 흔들린 사진을 보며 웃고 떠들었다.

"이 사진, 정말 잘 나왔어요. 제 모습이 담긴 사진은 처음이라."
"그렇구나."

　태온은 서이가 카메라를 내려놓기 전까지, 사진을 온전히 다 감상할 때까지 옆에서 묵묵히 기다려주었다. 서이는 그런 태온의 배려에 마음껏 사진을 감상할 수 있었다. 다른 이, 그러니까 태온이 찍어준 자기 모습이 그 어떤 모습보다 아름답고 자신다웠다. 불편하지만은 않은 공기에, 작은 흔들림에 취한 듯한 기분이었다.

　태온은 아무 말 없이 카메라를 다시 들어 올렸다. 하지만 서이는 고개를 저었다. 다시 나를 마주할 자신은 느껴지지 않았기에. 자신에게 너무나도 아름다웠지만, 아직은 눈이 부셨다. 아직은 조금 벅차기만 했다.

태온은 아까 부른 이름 모를 팝송을 흥얼거렸다. 이곳과 잘 어울리는 그런 소리. 이곳에 와서 처음으로 '괜찮다'라는 감정이 들었다. 눈을 감고 잠시 감상하던 서이는 실례를 무릅쓰고 둘의 침묵을 깼다. 어째서인지 서로의 목소리가 섞인 공기보다 침묵의 무게가 더 잘 어울리는 둘이다.

"무슨 노래인가요."

살짝 갈라지는 목소리였다. 태온은 눈을 감고 미소 지으며 말했다.

"나중에."

서이는 다시 고개를 돌려 바다를 보았다. 대답을 마친 태온은 몸에 힘을 풀며 같은 구간을 반복했다. 그의 허밍은 파도를 타고 멀리 퍼져나갔다. 느껴졌다. 보이지는 않지만 말이다. 얼마나 시간이 지났을까. 쨍한 하늘에 떠 있던 해는 어느새 새빨갛게 익어 지평선 중간에서 녹고 있었다.

모래알 사이로 기온이 빠르게 식고 있었다. 태양은 어느새 다 녹아 지평선 너머로 숨어들었다. 아주 조금 남은 붉은 기운이 하늘과 바다에 마구잡이로 칠해져 있다. 파도는 아까보다 더 낮게, 그리고 깊게 해변을 유영하며 찰랑거렸다. 둘은 너무 가까운 것도 아니고 멀지도 않은 거리를 유지하고 있었다. 서로가 궁금하긴 하지만 이름을 물을 용기는 안 나는 것처럼. 꽤 오랫동안 옆에 있었지만, 그 누구도 먼저 이름을 묻지 않았다. 마치 그들만의 약속처럼.

"말 안 해도 알겠는 거 알죠."

태온이 불쑥 말했다. 서이는 태온을 따라 고개를 돌렸다.

"가끔은 그냥, 그 사람 표정만 봐도 알 것 같은 기분."

서이는 대답 대신 또 고개만 끄덕였다. 태온의 말들은 전부 서이의 곁에서 오래 맴돌았다.

잠깐의 침묵. 태온은 바다를 보고 있었고, 서이는 태온을 보고 있었다. 시선이 서로 교차하거나 마주하지 않았지만, 같은 방향을 보고 있는 느낌이었다. 서이는 카메라를 자신의 옆에 조심스럽게 내려놓았다.

"여기 자주 오시나 봐요."

이유는 모르겠지만 그 간지러움을 참기 힘들어 주제를 돌렸다. 태온이 어떤 대답을 듣고 싶어 하는지는 생각하지 않고서.

"그렇죠, 거의 매일."

서이는 모래를 만지작거렸다. 대답 대신 작은 숨을 삼켰다.

"사진은 어쩌다 찍게 되었어요?"

이번에는 태온이 물었다.

서이는 한참을 생각했다. 그 이유를 너무나도 말하고 싶었다. 하지만 목에 막혀 결국 제대로 나오지 못했다.

"숨 쉬는 것 같아요."

조금은 이상한 말이었지만, 서이에게는 사실이기도 했기에 딱히 다시 단어를 정정하거나 하지 않았다.

태온은 서이를 바라봤다. 서이는 그의 표정이 궁금

했지만 역시 용기가 나지 않아 고개만 푹 숙였다. 낯설지 않은 시선이지만, 익숙하게 반응할 만큼은 아니었다. 둘 사이에는 더 이상 어떤 질문도, 고백도 오가지 않았다. 그 대신 바람이 불어오고, 파도가 지나가고 시간이 지나갔다.

"혹시…"

태온이 작게 물었다. 머뭇거리는 것 같았다.

"내일도 여기 와요?"

서이는 미소 지었다.

"글쎄요. 오고 싶은데."

그 말에 태온은 한결 가벼운 얼굴로 먼저 일어났다.

"그럼, 내일 봐요."

서이는 온다는 확답을 주지 않았지만, 태온은 마치 서이가 내일도 이곳에 다시 오는 것에 확신이 든 듯이 그런 말을 했다. '내일 열 시에.' 태온은 입 모양으로 그렇게 말하고는 조금씩 멀어졌다. 서이는 그 자리에 앉아 태온이 점이 되어 사라질 때까지 기다렸다. 멍하니 카메라를 들어 올렸다. 셔터는 여전히 눌리지 않았고, 눌러야 할 순간은 분명 아직 오지 않았다고 생각했다.

서이는 그렇게 조금 더 바다의 바람을 느끼다 일어났다. 왔던 길을 올라가니 다시 시끄러워진 주변. 잠깐 꿈꾼 게 아닐까 싶은 공간, 낯선 이.

숙소 문을 열고 들어오자마자 서이는 카메라를 들고 창가로 다가갔다. 창문에 기대어 오늘 찍은 사진을 다시 확인하기 시작했다. 여기 오기 전 한국에서 찍은 하늘, 비행기 너머 구름, 공항에 가득했던 야자수 등. 무엇보다 사진을 보는 내내 태온의 얼굴, 바다, 질문 하나하나. 모든 것이 머릿속에서 규칙적으로 맴돌았다. 아니, 맴돌기보다 떠나지 않았다. 너무 깊이 박혀버렸다. 필름 카메라 특유의 그 무게감이 손을 편안하게 했다. '찍지는 않았어요.' 자신이 했던 말이 떠올랐다. 거짓말.

분명 셔터는 눌러졌다. 서이는 태온을 분명히 담아

버렸다. 어디에도 기록되지 않았지만, 이미 태온은 자신 안에 깊게 찍혀버렸다. 살짝 열어놓은 창문 사이로 파도 소리가 어렴풋이 들려왔다. 하지만 지금 더 선명하게 귓가에 울려오는 건, 태온의 허밍이었다. 그 이름 모를 노래, 그 순간이 서이의 한 곳에서 몇 번이고 다시 재생되었다. 서이는 자신도 모르게 같은 노래를 흥얼거리며 입술을 깨물었다. 아무런 이름도 붙이지 않았는데, 마음은 이미 이름 모를 누군가를 향해 움직이고 있었다.

이상한 기분에 손이 떨렸다. 설레는 것도, 절망적인 것도 아니다. 뭔가 모르게 벅차고, 목이 메고, 조금이라도 다가가면 터질 것 같은 기분.

서이는 가만히 있지 못하고 숙소 안을 돌다가 가방에서 노트와 펜을 꺼냈다. 처음에는 아무 말도 적지 못하고 망설였다. 그러다가 천천히, 아주 천천히 써 내려갔다.

다시 한번 눈에 담고 싶다.

한 문장을 적고 나서도 서이는 한참 펜을 들고 가만히 있었다.

다시. 한 번. 눈에. 담고. 싶다. 서이는 그 문장을 이리 끊고 저리 끊으며 되뇌었다. 서이의 목소리는 조금 상기된 느낌이었다. 그는 펜을 내려놓고 침대에 누워 눈을 감았다. 하지만 눈을 감아도 태온의 얼굴이 자꾸만 떠올랐다.

만약 그 순간을 찍더라도 카메라가 담지 못한 그의 표정, 그 눈빛, 그 파도의 실루엣. 어떻게 하면 그 모든 걸 온전히 담아낼 수 있을까. 서이가 중얼거렸다.

"내가 너무 부담스럽게 바라봤나…"

그리고 마른세수를 했다.

말로 꺼내기엔 아직 너무 조심스럽고, 이름을 붙이기엔 아직 낯설기만 한. 하지만 분명히 무언가가 움직이고 자라나는 것이 방 안을 무겁게 눌렀다.

◎

너무나도 날이 맑았다. 오히려 너무 맑아서, 서이는 불안했다. 근육통이 온 듯한 손을 보고는 괜찮다고 말해주는 하늘이 못마땅했다. 병원은 여느 때와 다름없이 정돈되어 있었고, 의사는 언제나처럼 조심스러운 얼굴을 하고 있었다. 말끝을 흐리는 의사, 무겁게 내려앉은 펜을 든 손, 당황한 듯한 눈은 모니터를 향해 있었다. '나는 왜 몰랐을까. 왜 다들 내게 이야기해 주지 않았을까. 내가 너무 빨리 말라간다는 것을.'

"루게릭병입니다. 근위축성 측삭경화증."

약간 불안정한 모습과는 다르게 의사는 덤덤하게 서이의 병명을 천천히 말해주었다. 의사의 말이 떨어지는 순간, 서이는 알 수 없는 기시감에 눈을 감았다. 마치 셔터가 눌리지 않는 순간같이. 손끝이 반응하지 않는 느낌을 한참 전부터 알고 있던 것 같았다.

"정확한 진단을 위해서는 추가적인 검사가 더 필요하지만…"

그다음 말부터는 들리지 않았다. 아니, 듣지 않았다. '아, 나는 점점 사라지겠구나. 하나씩, 천천히, 그리고 확실하게.' 그것이 서이의 첫 번째 감정이었다.

병원을 나설 때 손에 쥐어진 진단서와 처방전은 의

외로 가볍게 느껴졌다. 너무 가벼워서, 바람에 날아가도 이상하지 않을 것 같았다. 하지만 그것을 꽉 잡은 손은 벌써 예전 같지 않았다. 사진은 과연 언제까지 할 수 있을까. 하늘은 여전히 맑았다. 괜찮은 줄 알았던 서이. 사실은 괜찮은 척하고 있던 서이는 눈앞이 자꾸만 흔들렸다. 사람들 그림자와 경적, 발걸음. 그를 지나쳐가는 많은 사람. 그때 서이는 자신이 언젠가는 완전히 멈춰버릴 것이라는 걸 진짜로 실감했다.

그날 서이는 이상한 꿈을 꾸었다. 이상하기보다는 다가올 현실이었다. 손과 발이 움직이지 않았다. 그제야 서이는 손가락을 내려다보았다. 손가락이 서서히 굳더니 아예 붙어 있었다. 마치 굳은 점토처럼. 그 감각은 손가락과 발가락 끝에서부터 빠르게 올라와 팔과 다리를 감싸고 이후에는 온몸을 덮었다. 그땐 목소리도 나오지 않았다. 그렇게 서이는 혼자 위태롭게 떨어질 듯, 빠질 듯 굳어가다 깨어났다. 깨어나면 손과 발이 무거웠다. 그 이후로 자주 그런 꿈을 꾸기도 했다. 꿈에서 느낀 감각이 너무나 생생하고, 현실적이어서 자신의 전부가 완전히 멈춰버릴까 두려웠다.

말을 잃어가고, 기억을 눈으로만 담게 된다는 것. 더

는 사진으로도 무엇도 설명할 수 없게 되는 순간. 그게 서이는 죽도록 무서웠다. 그 악몽 같은 일이 제발 꿈에 서 기어 나오지 않기를. 조금만 더 천천히 멈춰지길. 서이는 매일 밤 기도했다. 그래도 몸의 끝은 바위가 달 린 듯 무거웠다.

◎

눈을 뜨자 창문으로 아침의 쨍한 햇빛이 들어왔다. 그제야 오늘도 꿈꾼 것을 알게 되었다. 천천히 몸을 일 으키니 식은땀으로 온몸이 젖어있있디. 다행히도 몸 이 아직 움직인다. 하지만 손끝과 발끝에 남은 감각은 여전했다. 서이는 조심히 발을 바닥에 내려놓았다. 힘 이 잘 들어가지 않는 왼쪽 다리에 저절로 인상을 찌푸 렸다. 아마 어제 조금 무리하게 걸었나 보다. 서이는 천천히 일어나 이불을 정리하고 땀으로 젖은 티셔츠 를 벗고 샤워부스로 들어갔다. 차가운 물로 샤워하며 꿈을 생각했다. 이번에 꾼 꿈은 뭔가 달랐다. 손에 무 언가를 쥐고 있던 것 같았다. 카메라는 아닌데, 가벼움 이 손끝을 감싸고 사라졌다. 아, 사진.

그 말이 끝나자마자 태온의 얼굴이 번져갔다. '누군가를 남기고 싶다. 그것이 다였다.' 샤워를 끝내고 수건으로 머리를 털며 샤워부스에서 나오다 넘어질 뻔했다. 한 발을 디딜 때마다 불안했다. 발목이 삐끗하는 느낌에 저절로 움찔하게 된다. 다행히도 가까스로 중심을 잡고 나왔다. 언제라도 넘어질 것 같은 불안이 가시지 않았다.

책상에 있는 약 봉투가 보였다. 안에는 구겨진 진단서도 있었다. 가끔은 아무것도 적혀 있지 않은 종이였으면 했다. 검은 글씨들은 무의미한 기호처럼 느껴졌지만, 그 안에 이름은 확실했고, 병명은 또렷했다. 너무나도.

서이는 무표정으로 구겨진 진단서를 찢은 다음 쓰레기통에 던졌다. 진단서는 쓰레기통의 모퉁이에 맞고 바닥에 떨어졌다. 서이는 표정을 찡그리고 침대에 누웠다.

고개를 돌려 창밖을 한참 바라보다가 조용히 자리에서 일어난다. 책상 위에 있던 필름 카메라를 다시 손에 쥔다. '이번에는 다르다. 찍고 싶다.'

그동안 수없이 많은 것을 찍었지만, 역시 이번에는 정말 다르다. 그냥 한 장의 기록이 아니라, 어딘가로 흘러가 버릴 것만 같은 존재를 붙잡고 싶은 마음이다. 서이는 태온과의 약속 시간을 확인하며 조용히 나설 준비를 한다. 셔츠를 걸치며 거울 속의 자신을 응시한다. 그리고 단추를 잡고 하나씩 채우기 시작한다. 단춧구멍에 잘 안 들어가는 단추와 자신의 손을 보며 그냥 민소매를 하나 더 챙겨서 입고 그 위에 셔츠를 다시 걸쳤다.

"이러면 단추 잠글 필요가 없지."

서이는 혼자 뿌듯하게 웃었다. 얼굴은 창백했지만, 눈빛만은 어딘가 결심한 듯 반짝였다. '그를 찍어야겠다. 그리고 그에게 말해야겠다.' 말하고 싶다는 감정이 처음으로 의식 위로 떠오른다.

태온과 만났던 해변까지 택시를 타고 갔다. 도로 위를 달리는 동안 아주 많은 생각을 했다. 지금 아니면 자신의 이름을 말해줄 기회가 없고, 그냥 왠지 오늘이 아니면 안 될 것 같은 기분. 혹시나 태온이 자신과의 약속을 잊어버렸으면 어떡하지부터 그곳에 있으면 또 어떻게 봐야 하는지까지. 무엇보다 다시 한번 더 눈에 담고 싶다. 그것만으로도 서이는 만족할 생각이었다. 어디를 어떻게 담고 싶은 건지, 도대체 왜 그 사람인지는 자신도 설명할 수 없었지만, 확실한 건 그게 욕망이고 본능이라는 걸. 서이는 안다. 감히 둘 사이에 암묵적인 선을 넘어보려 한다.

서이는 약속된 시간보다 조금 더 일찍 도착했다. 해변, 바람, 파도. 어제랑 모든 게 같지만 단 하나. 태온만 아직 없었다. 해변은 조용했다. 서이도 해변을 따라 침묵을 선택했다. 파도를 타는 누군가도 없었고, 코코넛 보이도, 관광객도 없다. 조금씩 불안해지기 시작했다. 곧 열 시다. 분명 올 것처럼 이야기했는데. 서이는 땀이 약간 밴 손바닥으로 카메라를 쥐었다. 불안할 때마다 하는 습관이었다. 오래 서 있었더니 불편해 모래 위에 대충 앉았다. 한참 동안 기다려도 그 사람은 오지 않았다.

"그냥 일이 있었나 보네."

혼잣말은 되레 더 공허하게 튕겨 나왔다. 서이는 조용히 바다를 향해 카메라를 들었다. 오늘 다시 눈에 담을 수는 있으려나. 오늘도 셔터는 눌리지 않았다. 손가락이 움직이지 않아서가 아니라.

찍고 싶은 사람은 없으니까. 눈에 담고 싶은 사람이, 안 보이니까.

'역시, 꿈이라고 믿는 편이 더 나았으려나.' 그렇게 돌아서려는 찰나에 모래 언덕 가까이에 어제 태온이 앉아 있던 자리에 무언가가 놓여있었다. 하얀 수건. 그리고 안쪽이 말린 예쁜 조개껍질 두 개. 마지막으로 그 아래에 놓인 작은 메모.

서이는 아무 말 없이 수건 위에 앉았다. 메모를 펼쳤다 접었다 하는 동안 파도는 같은 간격으로 밀려오고 있었다. '내일. 내일이라.' 그 단어가 오늘보다 훨씬 무겁게 느껴졌다.

서이의 눈에 들어온 것은 다름 아닌 알파벳 한 글자. 겨우 알파벳 한 글자이지만 알 수 있었다. 태온의 것이라는 것을. 그 글자가 참 마음에 들었다. 태온과 닮은 모습과 표현 방식에 웃음이 저절로 나왔다. 그렇게 길지도 않은 문장을 읽고 또 읽었다. 마치 그 문장들을 계속해서 반복해서 읽으면 태온이 눈앞에 나타날 것 같이. 물론 그런 일은 없지만 말이다. 몇 번이고 더 읽은 후에야 메모를 손에 놓고 카메라를 들었다. 그 메모가 태온인 것처럼 셔터를 눌렀다. 처음에는 셔터를 누르기가 조금 망설여졌다. 하지만 흔들리는 손가락에 힘을 주고 셔터를 있는 힘껏 눌렀다. 플래시가 터지며 메모가 찍혔다. 다행히 종이인 건 맞는지 마음을 비우고 쉽게 찍을 수 있었다.

'내일. 내일이라고 했다.' 서이는 웃으며 고민했다. 이곳에 와서 처음 먹었던 코코넛 워터를 두 개 사서 태온과 같이 마시며 이름을 물어볼까. 아니면, 같이 저녁을 먹자고 할까. 그래도 역시 서이는 아직 그럴 사이는 아니라고 혼자 생각했다. 이름도 아직 모르는 사이인데, 그들의 사이를 뭐라고 정의해야 하나. 서로를 느낄 수 있지만, 이름은 아직 모르는 사이. 서로를 느낀다고 표현한 건 서이만의 생각인 건가.

이런저런 고민을 하며 조개껍질을 주머니에 넣었다. 서이는 늦은 점심이나 먹을까 하는 생각에 근처 시내로 발길을 옮겼다. 시내는 역시 상인들과 관광객들로 가득했다. 여러 소리가 모여 서이에게 소음으로 다가왔다.

골목골목마다 맛있는 냄새가 쏟아져 나왔다. 마음대로 움직이지 않는 다리를 끌고 지나가다 잠깐 멈추었을 때, 다름 아닌 익숙한 멜로디가 귀에 꽂혔다. 서이는 걸음을 완전히 멈추고 노래가 들리는 쪽으로 고개를 돌렸다. 수많은 골목 사이, 나란히 그들의 리듬에 맞춰 널린 알로하 티셔츠를 파는 가게 옆이었다. 간판 쪽으로 시선을 옮기자 큰 글씨로 '마카이 버거'라고 쓰여 있었다. 그 아래 창가에 걸린 네온사인은 영업 중이라는 것을 화려하게 알리고 있었다. 서이는 홀린 듯이 가게 문을 열고 들어갔다. 대충 비어 있는 자리에 앉아 가방을 내려놓았다. 가게 안은 조명이 최소한으로 되어 있어 어두웠다. 그리고 바로 옆에 있는 벽에는 포스터가 가득 붙어 있었다.

포스터를 하나하나 눈에 담고 있을 때 사장님으로 보이는 수염이 덥수룩한 남자가 다가왔다. 그리고 메뉴판을 건네며 사람 좋게 웃어 보였다.

"Try one bite. If you don't smile, I'll give you one free shave ice." (한 입 먹어봐. 만약 웃지 않으면, 셰이브 아이스 하나를 공짜로 줄게.)

사장님의 말에 서이도 따라 웃어 보였다. 손에 쥔 메뉴판을 보았다. 수제버거 메뉴가 가득했다. 일단 제일 위에 있는 버거의 그림을 손가락으로 가리키며 사장님을 보았다. 사장님이 마지막에 말한 셰이브 아이스라는 것도 먹어보고 싶었지만, 버거만 시켰다. 사장님은 알겠다며 고개를 끄덕이며 메뉴판을 가지고 가셨다.

"Hey, we got one comin' in!" (이봐, 손님 한 명 들어왔어!)

사장님은 기분이 좋으신지 덩실거리며 카운터로 걸어갔다. 사장님은 덩치가 제법 있는 사람이었는데, 카운터 옆에 있는 간이 의자에 앉으면 의자가 휠 것 같았다. 서이는 왠지 멋진 장소를 찾은 것 같아서 기분이 좋았다. 태온과 같이 오고 싶었다. 물론 태온이 자신보다 더 많은 정보를 알고 있을 테지만.

가게의 아늑한 분위기에 취해 눈을 감았다가 천천히

떴다. 마침, 사장님이 주문한 버거를 들고 테이블을 향해 걸어왔다. 사장님은 버거를 내려놓으며 영어와 알아듣지 못할 하와이어를 섞어가며 이야기했다. 서이는 고개를 열심히 끄덕였다. 사장님이 가고 서이는 드디어 버거를 한입 베어 물었다. 즉흥적으로 들어온 가게치고는 생각보다 매우 맛있었다. 입가에 묻은 소스를 혀로 가볍게 핥으며 주방 쪽을 바라보았다. 점심 햇살이 커다란 창을 통해 쏟아져 들어오는 마카이 버거 가게. 손님들의 주문 소리와 튀김 기계가 돌아가는 소리가 뒤섞이는 분주한 오후. 서이는 손에 든 버거를 눈앞에 두고도 다시 입을 벌리지 않았다. 놀라기도 하고 반갑기도 한 마음에 입꼬리가 한껏 올라갔다. 주방 안에서 분주하게 패티를 굽고 있는 태온을 신기한 듯 뚫어져라 바라보았다. 하지만 태온은 서이 쪽을 보지 않았다. 바쁘게 움직이는 태온의 얼굴에는 그를 알아차리는 기색조차 없었다. 막상 그 상황을 마주하니 서이의 마음은 무겁게 가라앉았다. '오늘은 말을 꼭 걸어보고 싶은데.' 그렇게 속으로 다짐했지만, 입술을 깨물며 다시 고개를 숙였다. 시선은 버거에 고정한 채로 버거를 한입 베어 물었지만, 씹는 소리마저 크고 어색하게 느껴졌다. 이런 사소한 일도 이젠 너무나 거대하게 느껴지기만 했다. 그는 고개를 돌려 숨을 고르려 애썼다. 냅킨에 작은 메모를 남겨놓으면 좋을까. 아니면 그냥 용기 내어 불러볼까. 그래도 여전히 분주한 태온을 보니 용기를 낼 수 없었다. 용기를 내봤자 그에게는 민폐가 될 수 있으니. 서이는 묵묵히 버거를 씹다가 그저 조용히 자리에서 일어나 카운터로 걸어갔다. 카운터에 가니 주방이 더 잘 보였다. 우연히 눈이라도 마주칠까? 고개를 내밀고 주방을 바라보았다. 그런 서이를 보며 사장님은 웃으며 물었다.

"Sure, you good? That one stays eight dollars. You like them? Come back soon, yeah?" (물론, 괜찮지? 그 버거는 8달러야. 마음에 들어? 다음에 또 와, 응?)

역시 우연 같은 일은 일어나지 않았다. 서이는 아쉬운 마음을 뒤로 하고 계산을 했다. 가게를 나가면서도 주방을 바라보았다. 태온의 뒷모습이 또렷하게 보였다. 눈앞에 있는데도 인사 한번 건넬 수 없는 자신이 한심하게 느껴졌다. 문이 닫히는 소리가 분주하게 가게 안 소음 속에 묻혔다. 발걸음은 점점 더 무거워져만 갔다. 마음 한쪽에 남은 말들은 그저 서이의 걸음에 따라 멀어져갔다.

이쯤 되니 의문이 하나 생겼다. 별로 생각하고 싶지는 않은 그런 의문. 겨우 하루 만난 사람에게 이렇게까지 매달리고 허전함을 느껴야 하나. 서이는 로미오나 줄리엣 그 누구도 아니었다. 애초에 그런 감정이 그렇게 빨리 들 수 있나? 어떤 감정이든 상관없이 말이다. 자신은 이제부터 많은 것들을 포기해야 하는데. 조용히 주머니에 손을 넣어 조개껍질을 만지작거리며 생각했다. 자신이 이렇게나 목이 메는 이유가 있을 거라고, 분명 그럴만한 가치가 있기에 지금 이러는 거라고. 솔직히 그냥 그렇게 믿고 싶었다. 그 끝이 자신이 괴로웠던 날들보다 허무하다면, 정말 끔찍한 소리지만 사신은 설명할 수 없는 깊이의 감정에 휩싸여 사라질 것이다. 그것마저도 판단하지 못하는 자신이라서, 현실을 선택하지 않은 바보 같은 자신이라서.

자신이 품어왔던 모든 감정이 헛수고이지는 않을까.

시내에서 조금 멀어지던 서이는 망설이다 발길을 돌렸다. 결국 다시 발걸음이 향한 곳은 마카이 버거 가게 주변. 해가 질 때까지 고민하고 서성이고 기다리다 결국 가게 앞 화단 옆에 앉았다. 굳이 이 시간까지 근처에 있었다는 건 그냥 그 앞을 스쳐보고 싶어서였을지도 모른다. 그냥, 혹시나 하는 마음에. 아무 일도 없다는 걸 확인하면 마음이 더 가라앉을 거라는 걸 알면서도 그러고 싶었다. 이 감정의 확신이 너무나도 간절했다. 간판 불빛이 깜빡거렸다. 어디선가 웃음소리도 새어 나왔다. 반사적으로 서이는 고개를 돌렸다. 창가 쪽 테이블에서 태온이 환하게 웃고 있었다. 사장님과 함께 둘은 대화를 주고받으며 어깨가 스칠 정도로 가까이 있었다. 태온은 그와 이야기하는 게 뭐가 그렇게 재미있는지 이야기를 나누다가 고개를 뒤로 젖히며 웃었다. 그 웃음소리는 창 너머로도 느껴질 만큼 맑고 시원했다. 자신과 있을 때는 분명 어딘가 굳어있는 느낌이었다면, 지금은 누군가에게 저렇게도 웃어줄 수 있는 사람이란 것을 느꼈다. 서이는 과연 태온을 저렇게 웃게 만들 수는 있을까.

서이는 한 발짝 뒤로 물러섰다. 뭔가가 발끝부터 조금씩 긁어내려지는 느낌. 그리고 그 빈 곳은 낯선 기분이 메웠다. 서이는 손을 주머니에 찔러 넣었다. 여전히 조개껍질이 뒹굴고 있었다. 꺼낼까. 바보처럼 이걸 들고 가게에 들어가 보여줄까. 태온은 웃고 있었다. 그리고 그 웃음엔, 그 누구도 끼어들 틈이 없어 보였다. 또다시 한 걸음 물러났다.

"괜찮아."

서이는 스스로 말했다. 입술은 움직였지만, 소리는 이상하게 나오지 않았다. 괜찮다고 말해야 할 만큼, 괜찮지 않았다. 그는 등을 돌렸다. 더는 창문을 볼 자신이 없었다. 아직 무너지기에는 일렀다. 아직 못 찍었다. 사실 찍고 싶은 게 하나 더 생겼다. 태온의 저 웃음. 자신, 그리고 카메라 앞에서 웃어주면 좋겠다는 바보 같은 생각이지.

"그래, 어쨌든 무너지기 위해 이곳에 왔어."

서이도 그걸 모르지 않았다. 언제나 자신이라는 존재가 상처가 될 수 있다는 사실을 그 누구보다 잘 알고 있었다. 그래도 이번에는 조금이라도 이기적으로 되고 싶었다. 낯선 공간, 낯선 감정, 그리고 가장 낯선 자신이 두렵고 막막했다. 어쩌면 그날 바다에 가지 않았으면 좋았을 것 같다고 생각했다. 그래, 그러는 편이 좋았겠다. 태온을 만나지 않았다면 이런 감정도 잡다

한 생각도 없었겠지. 그래도 이런 감정을 마냥 마주 보고 있는 것도 나쁘지 않았다. 병원에서 나온 뒤로는 자신에 대해 생각하는 시간이 줄어들었다. 그래서 버텨왔던 걸지도 모르겠다. 오직 사진에만 집중할 수 있어서 손이 굳어가는지도 모르고 말이다. 연속해서 한숨을 쉬었다. 복잡한 감정들이 한숨을 타고 나왔지만, 여전히 그의 주변을 맴돌았다. 아직도 혼란스러웠다. 불투명한 감정들과 생각들 속에 선명한 것은 역시 태온의 미소. 이런저런 생각들이 결국은 태온의 미소로 흐지부지하게 마무리되었다. 인상을 찌푸리고 계속 걸었다. 자신이 어디로 가고 있는지도 모른 채로 그저 점점 고장 나는 자신의 발이 향하는 방향으로 무작정 걸었다. 이렇게 길을 잃어도 좋다. 차라리 이렇게 사라지는 게 편하겠다고 생각하며.

이 감정의 시작과 결말을 알아낼 때까지 넘어져도 걷고 또 걸을 생각이었다. 그러면서 감정이 한쪽으로 쏠리지 않는 연습을 했다. 잘 익은 무화과처럼 터지기 직전의 감정들을. 감정들이 터져 파편들이 태온을 향할까 봐, 지금, 이 발걸음이 태온을 향해 걸어갈까 봐. 이기적인 감정 때문에 영영 자신의 앞에서 웃어주지 않을까 봐. 그 모습들을 카메라에 담지 못할까 봐. 이런 생각들을 늘어놓는 것 자체로도 별로인 건 아닌가. 상처가 되고 싶지는 않으니까. 음. 서이는 혼자 알 수 없는 감탄사와 비슷한 것을 내뱉고 발을 멈추었다. 아무것도 눈에 들어오지 않다가 멈추어 주변을 둘러보니 이제 진짜 어딘지 모를 곳에서 정지되었다. 힘이 빠지고 있다.

그래도 낯선 곳에 멈추어 숨을 들이쉬니 마음이 조금 안정되어 가고 있었다. 덕분에 머릿속 생각들이 차분하게 내려앉았다. 결국 이 감정에 대해 생각은 하되 감정에 이름을 붙이지 않기로 했다. 그 감정을 정의하는 순간, 이제 진짜 더는 돌아갈 수 없는 길을 걷고 있을 것 같아서 그렇게 다짐했다.

이제야 조금은 뚜렷해졌다. 태온에게서 멀어지니 점점 차분해졌다. 역시 태온 때문이었다. 그래 애초에 만났으면 안 됐던 거였다. 그런 거야. 서이는 계속 혼자 속으로 삭였다. 얼마나 생각했는지 헷갈리기 시작했다. 이런 감정과 일들이 정말 이렇게 혼자 심각할 정도인가. 태온은 그저 지나가는 바닷바람 같은 존재인데. 근데 바다향이 그저 강한 바람 중 하나.

마음이 마음 바깥으로 넘치려 하는 아슬아슬한 상태. 하지만 서이는 계속해서 아슬아슬했다. 순간들이 지나가다 보면 완전히 굳어 숨을 쉬기조차 어려워 영원으로 사라지겠지. 그래서 뭐든지 해보자 하는 마음으로 자신의 모든 것이 완전히 멈추기 전까지 최선을 다해 달리려고 했다. 그래 뭐 바람에 조금은 휘감겨도 나쁘지 않겠다. 찍어야겠다. 이름을 물어야겠다.

서이는 자신이 왜 이곳에 왔는지 까먹을 뻔했다. 태온을 쫓아다니다가 다른 찬란한 것들을 찍지 못할 뻔했다. 서이는 지친 다리를 이끌고 머리를 털며 근처에 있는 해변으로 천천히 걸어갔다. 하늘은 보랏빛과 주황빛으로 뒤섞인 채로 바다 끝으로 흘러내리고 있었다. 해변은 사람들이 여전히 많았다. 사람들은 무리 지어 웃고 떠들고 있었다. 서이는 거기서 조금 떨어진 조용한 모래 위에 앉아 소음을 하나하나 집중해서 들었다. 웃고 있는 관광객들 사이로 쓸쓸하게 앉아 있는 서이는 어색하게 보였다. 사람들의 웃음소리에 묻힌 파도 소리가 흔들렸다. 금세 어두워진 바다는 색채가 몇 가지 없었다. 그런 빛바랜 바다는 서이와 닮았다. 저 깊은 곳에서 발악하며 움직이다 삐끗하는 파도가 서이 같았다. 두 주먹을 쥔 서이는 모든 감각도 사라지는 것 같았다. 파도의 움직임은 서이의 굳어가는 손가락과도 같았다. 서이는 혼자 쓸쓸한 미소를 지으며 바다 쪽으로 걸어갔다. 파도는 같은 리듬으로 서이의 발끝을 적시지 않는 간당간당한 거리를 두고 왔다 갔다 했다.

물을 무서워하지도, 좋아하지도 않는 무미건조한 감정이 무거워진 몸만큼 가득 담고 발을 바다에 적셨다. 파도가 살며시 발목을 때린다. 파도가 훑고 지나간 자리에는 심장이 찰나에 고요해지는 듯 멎는다. 스피커가 저 멀리에서 쿵쿵 울리는데 갈비뼈가 그 울림에 맞춰서 늘리는 것 같았다. 분위기에 홀린 듯 바다로 더 들어갔다. 무릎을 넘기지 않는 높이의 바다에서 발을 헛디디기도 하고 휘청이기도 했다. 취한 것도 아닌데 얼굴이 뜨거워졌다. 파도의 미세한 출렁임을 따라 얼굴의 미소가 퍼져나갔다. 물속에 다리를 더 깊게 맡길수록 그 찬기에 정신이 맑아졌다. 여전히 휘청이는 다리였지만, 이 파도들을 전부 뛰어넘을 수 있을 것 같은 자신감이 생겼다. 물속에서 발길질을 했다. 첨벙거리는 소리와 함께 머리카락이 젖어 갔다. 그렇게 발길질을 시작으로 미친 사람처럼 혼자 뛰어다녔다. 저 해변에 많은 사람들의 시선은 느껴지지 않았다, 신기하게도 말이다. 해변을 바라보며 달릴 때는 눈앞의 불빛은 번져가고 사람들의 소리는 뒤엉킨 꿈처럼 저 멀리에서 잔향만 남았다. 웃으며 바다를 거닐다가 몇 번이고 휘청이며 넘어져 바다에 빠졌다. 바다에 가득 빠질 때면 바다의 짭조름한 소금 맛이 났다. 숨은 얇고 떨리고 공기는 머리칼 사이로 미끄러진다.

"그래, 이렇게 아름답고 찬란한 순간이 많은데."

미친 사람처럼 넘어져 크게 웃으며 중얼거렸다. 겨우 한 사람 때문에 이런 순간들을 매번 놓칠 뻔했다는 사실에 자신이 너무 바보 같았다. 태온은 정말 바닷바람 중 하나인데.

다른 이들이 지나가다 보면 정말 정신이 나간 사람처럼 보일 것이다. 자신이 생각해도 정상은 아닌데. 숨쉬기가 가빠진다. 다리도 손가락도 자신의 마음처럼 움직이지는 않지만, 날아갈 것같이 가벼워졌다. 여전히 뭐가 그렇게 즐거운지 웃으며 해변으로 나왔다. 다시 뒤를 돌아 바다를 바라보니 어둠이 점점 더 바다를 삼켜 색채는 빈사 상태였다. 그런데도 바다는 꾸준히 파도들을 내보내고 다시 삼키고를 반복했다. 해변을 다시 보면 혼자 겉도는 느낌이 들었다. 그래도 웃음이 새어 나왔다.

서이가 해변에서 보낸 시간은 단순한 일탈 같은 게 아니었다. 억압이라는 그림자에서 벗어나, 홀로 바다를 마주했다. 혼자서 해변에 온 것은 두 번째인데 이번에는 뭔가 달랐다. 바다의 파도 소리와 함께, 다시 자신을 찾았다. 파도는 발끝을 적시며, 마음속 깊은 곳까지 스며들었다. 무미건조한 감정들을 무겁게 담아냈다. 결국에 모두 바다에 풀어졌다. 예전에는 혼자 길을 걸어가기 무서웠다. 근데 이제는 뭐라도 할 수 있을 것 같은 자신감이 생겼다. 무엇이든 담을 수 있고 느낄 수 있다. 그게 뭐가 되었든지.

그 시각 태온은 가게를 마감하고 청소를 하느라 바빴다. 행주로 테이블을 닦았다. 태온은 계속 머릿속에서 서이와 약속을 지키지 못한 게 걱정이 되었다. 그렇게 어두운 얼굴로 테이블을 계속해서 닦았다. 사장님은 콧노래를 부르며 카운터 반대편에 있는 작고 오래된 텔레비전을 틀었다. 지직거리다 화면이 밝아졌다. 작은 화면에는 뉴스가 나오고 있었다. 태온은 자신도 모르게 귀를 기울였다. 쨍하게 빛나는 화면에서 비행기가 뜨는 영상이 나왔다. 멍하게 보고 있던 태온이 인상을 쓰고 행주를 거칠게 던지고 주방으로 들어갔다. 사장님은 그제야 아차 싶었는지 눈치를 보며 채널을 돌리기 시작했다. 사장님은 안절부절못하며 태온을 바라보았다. 태온의 뒷모습은 어떤 기분을 하고 있는지 알아차리기엔 너무 어려웠다. 태온은 마른세수를 하고 앞치마를 벗고 인사를 하는 둥 마는 둥 건네고 가게를 나가려고 했다. 사장님은 묵묵히 태온을 바라보다 이름을 불렀다.

"태온."

태온은 고개를 돌려 웃어 보였다.

"괜찮아요."

그리고 도망치듯 가게를 나와 바닷가 쪽으로 뛰었다. 태온은 뛰어가면서도 자신이 너무 예민하게 반응했다고 생각되어 후회스러웠다. 그런 생각을 던지려고 입술을 꽉 깨물고 한참을 뛰었다. 이제는 좀 괜찮을 법도 한데 항상 이렇게 예민해지는 자신이 싫었다. 달리고 또 달려 결국 해변 앞까지 도착했다. 눈앞에 시원한 바다가 보이니 그제야 표정을 풀 수 있었다. 머리를 헝클이며 바다로 걸어갔다. 가득 쌓인 모래 위로 발이 푹푹 들어갔다. 바다 가까이서 서서 어두운 수평선 너머를 보았다. 한참을 바라보니 조금 숨이 진정되었다. 태온은 고개를 돌려 주변을 살폈다. 그 시선 끝에는 말없이 달 아래에서 카메라를 만지작거리는 서이가 보였다. 자신도 모르게 입꼬리가 올라갔다. 어쩐지 안심이 되었다.

서이는 태온이 자신을 바라보고 있다는 사실은 꿈에도 모른 채 카메라를 만지작거렸다. 밤바다를 찍고 싶기도 했지만, 조심스러워 계속 카메라만 만지고 있었다.

"진짜 좋아하나 보네, 바다."

익숙한 목소리에 서이는 고개를 돌렸다. 자신의 옆에는 태온이 보였다.

"자주 오네요."

태온의 말에 대답 대신 고개만 끄덕였다. 모든 생각을 힘들게 내려놓고 만난 태온은 처음 만났을 때의 기분과 같았다. 여전히 알 수 없지만, 그 전보다 그래도 뚜렷했다.

"무슨 안 좋은 일 있어요?"

태온이 숨이 차는 듯한 표정을 하고 물었다. 서이는 또 고개만 까딱했다. 만약 여기서 입을 연다면 목소리가 주체할 수도 없이 입 밖으로 어떤 말이 터져 나올지 모르니.

"밤바다는 보통 기분 안 좋을 때 많이 오는 건데, 저는."

태온이 웃으며 말했다. 아니야, 저런 미소가 아니다. 서이는 자신도 모르게 자신을 보고 웃는 태온을 향해 눈을 가늘게 떴다. 자신이 본 미소는 저런 미소가 아니었다. 저 미소는 마치 그냥 괜찮다고 대충 넘어갈 때 하는 표정이다.

"미안, 내가 너무 늦게 왔어."

태온은 멋쩍은지 눈을 피하며 사과했다.

"전 괜찮아요."

서이가 작은 목소리로 말했다.

"만났다는 게 중요하죠."

그렇게 말하면서 카메라를 톡톡 건드렸다. 서이의 말은 진심이었다. 이렇게라도 만날 수 있었으면 좋겠다고 생각했던 게 얼마 안 되었으니까. 카메라를 두드리던 손가락이 점점 안 움직이기 시작했다. 서이가 손을 내려다보았다.

"그러니까 제 말은…"

서이가 어눌하게 말을 흐렸다.

"음, 이렇게까지 늦게 여기 있으면 가족들이 걱정하지 않나요?"

하고 싶던 말은 아니지만 급하게 아무 말이나 그럴싸하게 내뱉었다. 태온은 서이의 말에 바로 대답하지 않았다.

“그렇지, 가족들이 걱정하지.”

◎

태온은 어렸을 때부터 이곳, 그러니까 하와이에 살았다. 아버지와 함께 바다에 몸을 맡기고 노는 게 그의 전부였다. 하루는 아버지가 한 사진을 보여주었다. 아버지와 다정하게 팔짱을 끼고 있는 여자와 눈이 마주쳤다. 어린 태온은 그 여자가 자신의 어머니라고 생각하지도 못했다.

“한태온. 이게 누구 같아?”

한없이 다정한 목소리로 아버지가 물었다. 정말 너무 어리기만 했던 태온은 당황스러웠다. 얼마 전부터 엄마를 노래 부르던 태온은 정작 엄마라는 사람을 마주하게 되니 어색했다.

“맞아, 태온이 엄마야.”

아버지는 태온을 안아주며 다정하게 속삭였다. 그렇

게 태온은 천천히 자신의 엄마, 그리고 동생을 알게 되었다. 시간이 지나 그들은 전화도 자주 하는 사이가 되었다. 태온은 점점 그의 가족들이 보고 싶었다.

"엄마, 우리 만나면 다 같이 바다 가요."

전화를 할 때마다 바다에 같이 가자고 했다. 그리고 그 말에 태온의 엄마는 웃으며 그러자고 했다.

얼마나 시간이 흘렀을까. 중학교를 막 졸업한 지 얼마 안 되었을 때 아버지는 이곳으로 동생과 엄마를 데리고 오겠다고 했다. 정말 너무 기뻤다.

"아저씨 말 잘 듣고 금방 엄마랑 동생이랑 올게."

태온의 아버지는 그의 친구 마코 아저씨에게 태온을 맡겼다. 설레는 마음으로 아버지와 인사를 했다. 태온은 들떠 잠도 자지 못하고 매번 아저씨에게 아버지는 언제 오냐고 물었다. 그렇게 가족들이 처음으로 다 모이는 날. 태온은 라디오에서 절대 들려서는 안 되는 단어들이 들렸다.

지금 전해드리는 소식은 한국에서 하와이로 향
하던 여객기 사고 소식입니다.
오늘 오후, 인천공항을 출발한 항공기가 하와
이 도착 직전 원인 미상의 문제로
추락했습니다. 현지 구조대가 신속하게
구조 작업을 진행하고 있습니다.
사고 원인에 대해서는 조사 중이며,
추가 정보가 확인되는 대로
신속히 알려드리겠습니다.

아나운서의 목소리는 이상하리만큼 침착하고 차분했다. 라디오를 같이 듣고 있던 마코 아저씨는 태온을 아무 말 없이 꼭 안아주셨다. 멍한 표정으로 안겨있는 자신이 너무나도 싫었다. 정말 위로받는 꼴이 된 것이니까. '저 비행기에 우리 가족이 없는 걸 수도 있는 거잖아.'

라디오에서 흐르는 차분한 사고 소식에 태온의 마음은 점점 무거워졌다. 머릿속이 텅 빈 듯, 심장은 거칠게 뛰었지만 입은 굳게 다물려 있었다. 마코 아저씨 품 안에서 한참을 멍하니 있던 태온은 천천히 몸을 떼고 고개를 돌렸다. 창밖으로 보이는 하와이의 맑은 하늘과 대비되는, 가슴 한쪽의 묵직한 어둠이 그를 짓눌렀다. 마코 아저씨는 조용히 손을 잡아주셨다.

　모든 게 어지럽게 돌아가고 있었다. 태온은 답답한 마음에 고개를 저으며 바다를 향해 뛰쳐나갔다. 모래 위를 빠르게 뛰다 느려지는 발걸음은 무거웠다. 시원한 바닷바람에 태온은 눈을 꼭 감았다. 그리고 악을 쓰며 소리 질렀다. 한참을 소리를 지르며 방황하다 먼 수평선을 바라보며 헐떡이는 숨을 내쉬었다. 태온의 마음속에는 거대한 폭풍이 일렁거리고 있었다. 원인 미상, 추락. 그 말들이 머릿속을 맴돌았다. 마코 아저씨가 안아주었지만, 그 순간은 마치 혼자 있는 느낌이 들었다. 그 생각에 눈물이 살짝 고였지만 온 힘을 다해 억지로 감정들을 눌렀다. 그 무슨 말을 들어도 위로가 되지 못하고 슬픔으로 다가와 자신을 찢을 것에 두려움을 느꼈다. 밤바다, 멀리 수평선 너머에 까맣게 드리운 어둠 속에서 태온은 자신의 마음도 저렇게 깊고 짙은 어둠에 잠길까 무서웠다. 모든 게 다 꿈이길, 아니길 간절히 빌었다.

"걱정, 많이들 하죠."

태온은 천천히 대답했다. 서이는 또 고개를 끄덕였다. 태온은 서이의 조용한 고개 끄덕임만으로도 조금은 위로가 되었다. 바다는 여전히 잔잔했다. 파도 소리가 생각보다 더 작게 들렸다. 태온은 오늘은 왜인지 말이 없었고 서이도 묻고 싶은 것은 많았지만 말을 아끼고 있었다. 둘 사이에는 바닷소리만 떠다녔다. 서이는 조심스럽게 태온의 옆모습을 바라보았다. 어두웠는데도 태온의 표정이 잘 보였다. 무언가 견디고 있다는 걸느낄 수 있었다. 아주 오래전부터, 혼자서.

"불편해 보여요."

서이는 조심스럽게 부드러운 말투로 말했다. 말하고 서이는 조금 후회했다. 태온은 대답하지 않았다. 대신 그는 바다를 한 번, 길게 바라보았다. 그러고는 숨을 들이 내쉬며 천천히 입을 열었다.

"그래 보이나."

목소리는 낮고 차분했다. 하지만 어딘가 꺾여 있었다. 서이는 태온이 지금 자신과 함께하는 시간이 불편한 걸까 걱정이 되기 시작했다.

"네."

작은 목소리로 서이가 대답했다.

"사진 찍는 게 숨 쉬는 것 같다고 했죠."

태온의 말에 그는 눈이 커졌다. 그저 스쳐 가듯 지나간 질문과 대답 중 하나였는데 태온은 그걸 기억하고 있었다.

"음… 저는 바다가, 그러니까 파도를 타는 게 숨 쉬는 것 같네요."

그 말을 끝내고 태온은 씁쓸한 표정을 지었다. 항상 생글생글하게 웃을 것만 같은 얼굴에서 처음 보는 어색한 표정이다. 숨 쉬는 것. 감정이 무너지고 정화되는 것. 나 자신이 나답게 살아있음을 증명하는 것. 말로 다할 수 없는 내면의 고통을 대신하는 것. 그것들이 그들이 생각하는 숨을 쉬는 것이다. 그들에게는 사진을 찍는다는 것, 파도와 숨을 겹치는 것 전부 숨을 쉬는 것이다.

서로 말을 더 이상 주고받지 않았지만, 많은 것이 서로를 오갔다. 태온의 얼굴이 한결 가벼워졌다. 그의 바뀐 표정 덕분에 서이도 마음이 가벼워졌다. 둘은 바다를 보며 한참을 있었다. 저 어두운 바다가 무언가라도 뺏어서 끌고 가는지 바다를 뚫어지게 바라보았다. 묘한 긴장감이 귀를 스쳐 지나갔다. 서로 힐끔힐끔 바라보며 입을 열었다 닫았다 했다. 하고 싶은 말을 모두 삼키고 서로를 위해 침묵을 선택하는.

누구 하나 먼저 입을 열기 어려운 분위기였다. 바다도 그들의 마음을 알겠는지 낮은 파도만 출렁이는 고요한 바다가 되었다. 바다 위로 별들이 희미하게 반짝였다. 유독 별이 많이 보이는 밤이기도 했다.

"있잖아요."

이번에도 둘의 침묵을 끊은 건 서이였다. 서이의 부름에도 태온의 시선은 수평선에 고정되어 있었다. 서이는 상관없다는 듯이 말을 이어갔다. 전혀 서이에게서 나올 만한 용기는 아니었다.

"파도를 타는 게 왜 숨을 쉬는 건가요."

궁금했다, 태온이. 태온은 옅은 미소로 작게 웃었다.

"궁금하네요, 저랑 같은 이유인지."

서이는 태온의 이야기를 들을 준비가 되어 있었다. 그의 목소리가 간절했다.

"그쪽이 어떤 이유인지는 모르겠지만 저는,"

태온이 대답했다.

"바다가 아버지 같아서요. 여기서 어렸을 때 많이 놀았어요. 같이."

처음 듣는 태온의 이야기에 놀라기도 하고 더욱 귀를 기울이게 되었다.

"아버지를 많이 좋아하셨나 봐요."

태온을 바라보며 말했다.

"네."

태온은 짧게 대답하고 하늘을 바라보았다.

서이가 본 그의 눈에는 수많은 별이 박혀있었다.

"저는 가족들이랑 사이가 가깝지 않았어요."

그의 눈을 보니 홀린 듯이 말들이 튀어나왔다.

"저도 파도랑 숨 쉬고 싶어요."

태온의 숨 쉬는 법이 궁금했다. 일방적으로 서이의 목소리만이 들려왔다. 태온은 아무 말 없이 모래를 털고 일어났다. 그리고 고개를 내려 서이를 바라보고 손을 내밀었다.

"저도 숨 쉬고 싶네요."

그는 웃으며 말했다. 홀린 듯이 그의 손을 잡았다. 그래, 바로 저런 웃음이다. 밤하늘의 별들만큼 맑고 순수한 웃음.

둘은 나란히 어두운 바다에 발을 담갔다. 둘의 다리 사이로 낮고 고요한 파도가 지나갔다. 시원했다. 물속에 있는 부드러운 모래 속으로 파묻히는 발가락의 기분이 좋아 꼼지락거렸다. 저절로 미소가 피어났다. 파도를 따라 눈을 굴리는 서이의 모습을 보니 태온은 입을 달싹거렸다. 말하고 싶은 건 없지만 무언가 소리 내나와야 할 것 같은 기분. 태온은 그 기분에 휩쓸려 말했다.

“태온.”

그 말을 들은 서이는 눈을 크게 떴다. 태온. 그 두 글자가 서이의 가슴으로 굴러 들어왔다. 이름, 이름이다.

“태온.”

서이는 태온의 이름을 불렀다. 이름을 부르는 서이가 그렇게 재미있는지 태온은 웃음을 터뜨렸다.

“응, 한태온.”

큰 소리로 자신의 이름을 알렸다. 태온의 이름을 들은 서이는 눈이 반짝거렸다.

“한태온, 태온.”

서이는 이름을 몇 번이고 불렀다. 이름이 혀끝에서 닳아 없어질 때까지. 태온이 먼저 이야기해준 덕분에 서이도 용기가 생기기 시작했다. 그래서 자신의 이름을 말하려던 순간, 태온이 고개를 저었다.

“나중에. 나중에 같이 다시 숨 쉴 때.”

"그때 알려줘."

서이는 입을 벌리고 눈을 깜빡였다. 이내 정신을 차리고 고개를 끄덕였다.

"그럼, 그때 말해줄게요. 제 이름."

그날 밤은 그들의 약속들이 지나갔다. 지금 당장 자신의 이름을 알리지 못한 서이는 아쉬웠다. 그래도 그들에게는 내일이 있었고 모레가 있었다.

사람들의 웃음소리가 엉겨 붙은 시내의 소란스러움은 마치 어제의 조용한 바다가 거짓말처럼 느껴지게 했다. 서이는 여전히 가방 속 카메라에 손을 얹은 채, 태온과 약속한 카페로 향했다. 입구에는 작은 선풍기가 요란하게 돌아가는 카페가 눈에 들어왔다. 그곳은 오아후의 화려한 거리 속에서도 뭔가 오래된 노랫소리 같은, 낡지만 편안한 분위기를 풍기고 있었다. 마치 태온처럼. 카페를 들어갔지만, 태온은 보이지 않았다. 그래도 불안하지 않았다. 꼭 오기로 했으니까.

서이는 카페에 들어가 창가 자리에 앉았다. 땀이 식

으면서 마음도 진정되었다. 메뉴판을 들여다보며 '코코넛 아이스커피'라는 낯선 조합의 음료를 골랐다. 곧이어 음료가 나왔고, 얼음이 부딪히는 소리에 시선이 잠깐 흔들렸다. 서이는 조심스럽게 주머니에 넣어둔 메모를 꺼냈다. 다시 펼쳐보는 삐뚤빼뚤하지만 정갈한 손 글씨. 겨우 세 문장으로 채워져 있지만 그 안에는 약속이 있고, 기다림이 있고, 다짐이 있다. 메모를 내려놓고 창밖을 바라보았다. 거리를 걷는 수많은 얼굴들 속에 혹시라도 태온의 모습이 섞여 있을까. 아니면 지금쯤 어디서 바다를 보고 있나. 태온의 생각으로 머릿속이 가득 찼다.

'내일.' 그 단어가 얼마나 멀게 느껴졌는지. 아니, 얼마나 가까이 와 있는지도 모른 채로. 서이는 감각이 별로 느껴지지 않는 두 손으로 컵을 감싸며 중얼거렸다.

"꼭, 왔으면 좋겠어요."

그 말은 태온에게로 향한 말이지만, 어쩌면 자신에게도 하는 말이었다. '내일은 용기를 내자. 내일은 셔터를 누르자. 내일은 이름을 말하자. 그리고 내일은, 다시 한번 온전히 담자.'

작은 종이에 적힌 글씨 하나하나가, 누군가의 진심 하나가. 그렇게 오늘 하루를 버티게 만들고 있었다.

컵을 꼭 쥐고 있는 자기 손을 바라보았다. 떨리기도 하고 움직이지 않기도 했다. 실감이 났다. '아, 이게 멈춰가는 것이로구나.' 그리고 느꼈다. 진짜 오늘이 아니면 다시는 담을 수 없겠다고. 마음이 답답해졌다. 그렇게, 아주 천천히 다시 사진을 찍을 준비를 했다.

문 위로 작은 종이 울리며 가게의 문이 열렸다. 그리고 어제도 만나긴 했지만 너무나도 보고 싶던 태온의 얼굴이 보였다. 서이는 환하게 웃으며 어색하게 굳어가는 손을 흔들었다. 태온도 웃으며 서이의 앞에 앉았다.

"제가 태온 씨 것도 시켰어요, 코코넛 아이스커피."

태온이 웃으며 고맙다고 했다.

"드디어 알게 되네요 그쪽 이름."

그렇다. 오늘은 사진을 찍으며 이름을 이야기해 주기로 했다. 이어서 태온의 음료도 나왔다. 태온이 빨대를 휘저으며 물었다.

“이름 말해줄 거죠.”

서이는 웃으며 고개를 끄덕였다.

“가족들은 안 보고 싶어요?”

그가 음료를 홀짝이며 말했다.

“아뇨.”

서이는 고개를 저었다.

“저도 연 끊은 지 좀 되었어요.”

그런 식으로 몇 마디를 더 나눈 둘은 카페를 나가 해변으로 걸어갔다.

“카메라 보여드릴게요.”

서이는 휘청이며 카메라를 가방에서 꺼냈다. 예전보다 더욱 말을 안 듣는 손가락들은 제멋대로 모양을 잡았다. 툭. 카메라는 그런 손가락들 사이로 미끄러져 떨어졌다. 태온이 떨어진 카메라를 주워 다시 서이의 손 위에 올려주었다.

“조심해요.”

그리곤 먼저 저벅저벅 해변으로 걸어갔다. 서이도 태온을 따라 카메라를 최대한 꽉 쥐고 휘청이며 걸어갔다. 금방이라도 넘어질 것 같은 자세였다. 해변에 먼저 도착한 태온은 멀리서 걸어오는 서이를 보고 브이를 만들어 보여주었다. 그리고 큰 소리로 말했다.

“저번에는 내가 찍었으니까, 이번에는 나 찍어!”

그러면서 웃었다. 서이는 기쁜 감정을 주체 못하고 카메라를 들어 올렸다. 이제 딱 셔터만 누르면 태온을 담을 수 있고 자신의 이름도 알려줄 수 있다.

“하나… 둘…”

셋을 세지 못하고 손가락이 멈췄다. 셔터가 눌리지 않았다. 당황한 서이의 표정도 굳어갔다. 분명 어제 셔터를 누르는 연습을 할 때는 잘 움직이던 손가락이 이렇게 중요한 순간에 멈춰버렸다. 어색하게 웃으며 태온에게 다가갔다.

“더 예쁜 장소에서 찍어드릴게요.”

둘은 한참을 해변 주변을 돌아다니며 사진을 찍었
다. 다행히 어떻게든 셔터를 누르기는 했지만, 마음에
들지는 않았다.

"표정이 안 좋은데."

태온이 장난스럽게 옆으로 걸어왔다.

"모델이 마음에 안 드시나?"
"그게 아니라요."

서이는 금방이라도 울고 싶었다. 겨우 태온을 찍을
기회가 왔는데 아무리 찍어도 마음에 들지 않는다. 셔
터를 누르는 손가락이 시원치 않다. 마른세수를 했나.

"무슨 문제 있어요? 왜 그래요."

태온은 평소와 다르게 어딘가 많이 불안해 보이는
서이가 걱정되었다.

"너무 다 남기고 싶어요, 근데…"

자신의 손가락을 바라보았다. 아무리 내 손이라지만
너무나도 다른 손 같은 이질감에 금방이라도 무너질

것 같았다.

"그게…"

서이는 주저앉아 고개를 들지 못한 채 모래를 손끝으로 긁었다. 서이는 느꼈다. 숫자를 세고 셔터를 누르는 순간, 사진을 찍으려는 장면이 마치 정지 화면처럼 움직이지 않았다. 그런 멈춘 자신의 세상 속에서는 서이가 할 수 있는 것은 없었다. 정적이 서이의 세상을 지배한 순간은, 건너편에서 더는 찍을 수 없는 태온을 바라보는 것이 너무나 고통스러웠다. 너무나도 찍고 싶은데, 내 것으로 만들고 싶은데. 하지만 셋을 세기 전, 손가락은 멈췄다. 동시에 서이의 세상도 멈췄다.

"지금 찍어야 하는데,"

여전히 셔터는 눌리지 않았다. 태온은 그런 그를 묵묵히 기다려주었다. 어제의 서이가 그랬듯이 자신도 서이의 모든 것을 듣고 받아들일 준비가 되었다.

둘은 해변을 걷다가 작은 바위에 걸터앉았다. 서이는 잠시 말을 멈추고 바다를 보다가 조심스럽게 입을 열었다. 서이의 목소리는 그 어느 때보다 컸고, 떨렸다.

"사실 저는 병을 하나 앓고 있어요."

태온은 서이를 바라보면 불편해할까 일부러 고개를 돌려 끄덕였다.

"그… 루게릭병이라는데… 아까처럼 손이나 발 같은 게 굳어가다가…"

단어 하나하나가 모래 위에 흘러 물처럼 스며들었다. 마지막 말은 망설여졌다. 누군가에게 죽음을 알려본 적이 없다. 태온이 불편하진 않을까 싶었다. 죽음은 가볍게 오갈 수 있는, 결코 그런 것이 아니니까. 태온은 용기 내어 아무 말 없이 고개를 돌려 서이를 바라보았다. 그의 눈빛은 마치 그냥 편하게 뭐든 이야기해도 괜찮다는 눈빛이었다. 그 덕분에 용기 내어 말했다.

"시한부입니다."

그 말은 태온도 예상하지 못했는지 눈이 커졌다.

"시한부요?"

처음 들어보는 차가운 톤의 목소리였다. 태온의 얼굴은 점점 굳어져 갔다. 그제야 서이는 깨달았다. 아까 그 말은 안 하는 편이 좋았다는 것을. 태온은 급하게 바위에서 일어났다.

"나한테 왜 그래요."

그의 말은 무슨 의미였을까. 고개를 돌린 탓에 서이는 그가 어떤 표정을 짓고 있는지 알기 힘들었다. 당황스러웠다. 말이 잘 나오지 않았다.

"죄송해요. 화내려던 건 아닌데."

그 이후 둘 사이에 생긴 정적은 이해하지 못해서 생긴 거리보다, 이해해 버린 게 더 무서운 거리였다. 서이는 무표정한 얼굴로 태온의 뒷모습만 바라보았다. 예전 같았으면 '괜찮아요.'라고 말했을지도 모른다. 하지만 지금은 자신이 괜찮지 않다는 걸 너무나 잘 아는 사람이 바로 옆에 있었고, 그걸 덜어줄 수 없다는 걸 인정해야 했다.

"잠깐 좀 걷고 올게요."

그러고는 그는 서이와 반대편에 있는 길로 걸어가기 시작했다. 서이만 이곳에 덩그러니 놓여있다. 서이는 뒤늦게 고개를 끄덕였지만, 그 고개에는 기다릴 게도, 괜찮아도, 아무것도 담기지 않았다. 그저 무의미하게 생각 없이 끄덕인 고개. '아. 인제 어쩌지.' 또 뒤늦게 현실을 한 박자 늦게 깨닫는 서이였다.

태온이 화가 났다. 그의 어깨가 떨렸던 것 같기도 하고 목소리에서 무언가가 무너지는 게 느껴졌다. 자신과 똑같이 말이다. 그냥 아무 말도 떠오르지 않았다.

태온은 혼자 빠르게 걸어가며 생각했다. 실수해 버렸다. 서이에게 이유 없이 화를 낸 자신에게 화가 났다. 그런 말을 해주기까지 서이는 많은 고민과 용기가 필요했을 텐데, 그래서 자신이 들어주겠다고 했던 것인데 되려 자신이 화를 내니 당연히 서이는 상처받았을 것이다. 그 상처가 심하면 자신처럼 다른 이와 이야기하는 것을 꺼릴지도 모른다. 서이가 원해서 아픈 것도 아니고 그냥 우연으로 마주친 둘이었는데 마치 자신을 가지고 논 듯한 운명이 원망스러웠다. 진심으로 서이에게 사과해야 한다. 하지만 발걸음은 쉽게 돌아서지 않았다. 오히려 더 빠르게 걷고 있었다. 사실 태온은 자신 때문에 죽었다고 생각했다. 엄마와 동생을 하와이에 초대하자는 제안을 먼저 한 건 태온이었다. 그런 바보 같은 생각만 안 했어도 모든 게 괜찮았을 텐데. 마코 아저씨는 항상 괜찮다고 태온을 다독여주었다. 그런데도 태온은 자괴감에 사로잡혔다. 또 자신 때문에 누군가가 불행해질지 걱정하며 살았는데. 이번에도 자신 때문인 것 같다.

서이가 자주 발을 헛딛거나 손이 멈춰있고 빠지는 낱말들이 있다는 건 어느 정도 눈치챘었다. 충분히 보였지만 태온은 몰랐다. 서이를 몰랐다.

한편 서이는 여전히 바위에 앉아 바다를 보았다. 자신이 무엇을 잘못해서 태온이 그렇게 기분이 나빴을까. 그에게 미안하면서도 태온과 거리가 멀어지는 기분이었다. 어쩌면 자신이 그렇게 보고 싶고 담고 싶었던 것은 홀로 멋대로 생각한 태온의 환상인가 싶기도 하고. 원래 태온은 저런 사람인가 싶기도 했다. 마음이 분열해서 이 마음과 저 마음을 구분하기 어려웠다. 혼란의 연속이었다. 그러나 하나 깨달은 것이 하나 있다. 이젠 정말 세상과 멈춰지는 것을 연습해야 할 때가 왔다고 자기 몸이 보여주고 있었다. 정말로 카메라의 셔터를 누르는 것이 힘들어졌다. 이제 무엇을 다시 시작하거나 연결하기도 늦은 시간이다. 이상하게 더는 사진을 찍고 싶지 않아졌다.

"한국으로 돌아가서. 정리해야겠다."

서이는 마주하고 싶지 않은 순간들과 대면하게 되었다. 이상하리만큼 덤덤했다. 카메라를 켜 사진들을 보았다. 생각보다 많은 사진들이 담겨있었다. 방금 일어난 일이라고는 생각지도 못할 아름답고 찬란한 작품들이다.

"그래, 더는 욕심 부리지 말자."

서이의 사진들에도 마침표가 내려앉을 시간이다. 아마 태온에게도 그럴 것이고. 그래도 자신이라는 존재가 그렇게 나쁘지만은 않은 추억이라면 좋겠다고 생각했다.

사람들이 없는 해변, 바다는 점점 더 고요해졌다. 이런 세상이 자신이 마주할 세상이고 마지막에 바라볼 세상이라면 괜찮겠다고 서이는 생각했다.

"나쁘지 않네."

차분한 목소리가 바닷바람을 타고 흘러내렸다.

"이렇게 될 운명이었나 보죠."

눈에 초점이 없어졌다.

"생각해 보니 제 이름도 못 듣고 가셨네요."

다른 건 못 해도 이름만은 꼭 말해주고 싶었던 서이였다. 어제 그렇게 약속했으니까. 같은 숨을 타고 서로의 이름을 속삭이는 것. 이제는 영영 공중을 헤맬 바람이 되었다.

"제 이름은."

태온이 없이 혼자 있는 것인데도 마음이 떨려왔다.

"제 이름은, 박서이입니다."

파도 소리에 묻혀 아무도 듣지 못한 서이의 외침. 바다가 끌고 들어가 품었다. 이렇게라도 외칠 수 있어서 서이는 좋았다. 몸은 전보다 무거워진 게 느껴졌지만, 마음은 그 어느 때보다 가벼웠다. 만약 자신이 태온의 뒷모습이 아닌 어떠한 표정을 한 얼굴을 보았어도 지금도 이렇게 마음이 가벼웠을까. 서이는 태온이 뒤를 돌고 있던 게 태온이 자신에게 마지막으로 해준 최소한의 배려라고 생각했다. 그리 많은 건 아니지만 태온의 많은 모습은 정말 짧은 순간에 마주했다. 어떻게 보면 정말 찰나의 순간들이었지. 원하는 태온의 모습을 카메라에 담지는 않았지만, 색다른 모습들을 눈으로 담아냈다. 플래시가 터진 것도 아닌데 태온은 항상 빛나고 있던 것 같았다. 심지어 자신에게 화를 내는 모습까지도. 서이는 태온이 밉지 않았다. 그래서 태온도 자신이 밉지 않기를 바랐다.

주머니에는 안쪽이 예쁘게 말린 조개껍질 두 개가 들어가 있었다. 태온이 적어둔 짧은 메모도… 무거운 손으로 그것들을 전부 꺼내 바위에 펼쳐 놓았다. 그리고 미리 뽑아둔 사진 두 장을 옆에 내려놓았다. 하나는 태온이 찍어준 흔들리는 사진, 다른 하나는 서이가 찍은 태온. 태온의 얼굴이 담긴 사진은 개인적으로 마음에 들지 않았지만 그나마 다른 사진들보다는 괜찮았다. 태온에게도 좋은 추억이 될 수 있길 바라면서 태온의 메모 뒤에 편지를 끄적였다. 태온 덕분에 서이도 이곳이 좋은 추억이 되고 차분하게 마무리할 수 있었다.

믿었다. 태온은 이곳을 다시 찾을 것이라고. 그렇게 태온을 위한 추억을 바위에 남겨놓고 짐을 정리하기 위해 숙소로 들어갔다.

서이는 그날 이후로 이틀을 더 오아후섬에 머물다가 캐리어를 달그락거리며 숙소를 나왔다. 매일 관광객들이 웃고 떠드는 소리가 들렸지만 어떨 때는 먹먹하게 들리기도 했다. 그 사이 서이는 태온을 이렇게 정의했다. '뮤즈'. 어떠한 강렬한 기억이나 존재, 평생 다 표현하지 못할 무언가. 태온은 서이에게 기억이자 망각이었다. 태온은 영원히 반복해서 돌아갈 기억으로 남았다. 이틀을 더 있는 동안 바다 근처에 갔지만 태온은 보이지 않았다.

다행히 바위에 있던 것들이 없어졌다. 서이는 태온이 가져갔을 것으로 생각했다. 다행이다. 태온의 흔적 같은 것이라도 발견해서. 캐리어를 끌고 시내로 걸어갔다. 오늘은 오아후섬에서 떠나는 날이다. 카메라를 들어서 시내 구석구석을 마지막으로 담아냈다. 손끝의 무거움이 셔터를 누르고 떨어졌다. 마지막으로 하늘을 찍는 동안 택시가 앞에 멈추어 섰다. 택시 기사는 택시에서 내려 캐리어를 트렁크에 실었다. 택시를 타고 창문 너머로 본 오아후섬의 풍경은 완벽했다. 따가운 태양 아래로 눈부시게 빛나는 백사장, 윤슬이 화려하게 쏟아지는 바다도 보기 좋았다. 막상 이곳을 떠난다니 아쉬움이 가득 쏟아져 나왔다. 그래도 생각보다 빨리 마무리를 준비하게 되어서 안심이 되었다. 끝까지 마무리를 안 하고 싶으면 어떡하냐는 생각도 종종 했다.

택시 기사는 서이를 힐끔힐끔 보더니 창문을 반 정도 내려주셨다. 창문 너머로 스르르 바람이 불어왔다. 바람결을 따라 서이는 눈을 감았다. 뜨거운 공기의 맛이 느껴졌다 조금 낡은 택시는 엔진 소리를 내며 달렸다.

태온은 그날 한참을 달려 다시 서이와 같이 있던 장소로 돌아왔다. 하지만 지금은 사과하기 너무나도 늦은 상태였다. 태온은 허탈함에 웃음이 나왔다. 용서받고 싶었지만 회피했다. 다시 용기를 얻은 순간은 이미 늦었다. 서이의 고통 앞에서 어쩌면 더욱 큰 상처를 준 것에 비겁하지만 지금이라도 용서받고 싶었다, 꼭.

둘이 같이 앉아 있던 바위에는 무언가 많이 놓여있는 게 보였다. 조심스럽게 한 걸음 한 걸음을 옮겼다. 바위 위에는 약속을 지키지 못한 날 서이에게 준 조개껍질 두 개와 메모, 그리고 서이의 사진이 두 장이 있었다. 태온은 무작정 사진을 들어 올렸다. 한 장은 자신이 찍어준 서이. 나머지 한 장은 자신이 웃고 있는 사진이었다.

'아. 이러면 내가 너무 미안하잖아.' 그 뒤엔 부르고 싶어도 모르는 이름이 떠돌았다. 태온은 이름이라도 들어보고 갈 걸이라며 후회했다.

"… 메모는 뭐야."

떨리는 목소리로 메모를 펼쳤다. 익숙한 자신의 글씨가 보였다. 무표정으로 메모 뒷면을 보았다. 순서 없이 뒤틀리고 삐뚤어진 글이 보였다. 멍하니 글자 하나하나를 천천히 소리 내 읽어보았다.

안녕하세요, 태온 씨가 이 편지를 발견했을 때는 이미 제가 떠난 후겠네요. 일단 저는 태온 씨와 있으면서 제 심장이 이렇게까지 찬란하게 마를 수 있는 건지 몰랐는데 알게 되었습니다. 감사해요. 또 숨 쉴 방법이 하나 더 생겼어요. 바로 당신이요.
태온 씨가 화를 낸 것에 대해서는
이유가 있다고 생각해요. 제 잘못이 있을 수 있고요.
진심으로 사과드려요. 이름을 듣는 순간 우리의 경계가
희미해졌어요. 그래서 이름 말해주고 싶어요.
이 편지에 적을게요. 제 이름은 박서이입니다.
태온 씨 입에서 나오는 목소리로 제 이름 듣고 싶었는데
못 들어서 아쉽네요. 다음에 만날 기회가 나타나길.

마른 손목과 어딘가 외로운 눈동자가 잘 어울리는 서이였다. 삐뚤어지고 흔들리는 글씨는 그가 얼마나 힘들게 이 편지를 썼는지 고스란히 전해주었다. 편지 밑에는 작은 글씨가 더 쓰여 있었다.

저는 이제 모든 것의 마무리를 준비해야 하죠.
제 사진으로 전시회를 잠깐 열어요. 꼭 와주세요.

추신. 다시 만나면 더 예쁘게 찍어주고 싶어요.

그리고 밑에는 겨우 알아볼 정도의 날짜와 주소가 쓰여 있었다. 태온은 웃었다. 입은 분명 웃고 있지만

표정은 울고 싶어 하는 눈치였다. 태온은 조개껍질 두 개를 손에 쥐고 바다로 달려갔다. 코발트블루의 바다에 몸을 출렁일 때마다 떨려왔다. 그리고 바다의 중간에서 있는 힘껏 조개껍질을 던졌다. 포물선을 그리며 가볍게 올라간 조개껍질들은 빠르게 수면 위로 떨어졌다. 조개껍질들이 작은 물방울을 내뿜으며 바다 아래로 추락했다.

태온은 머리를 털고 노래를 흥얼거렸다. 조금씩 무너지다 다시 단단해지는 태온의 숨소리가 일정하게 들렸다. 같은 날씨인데도 유난히 오늘의 기온이 후덥지근하고 소란스러웠다. 오아후섬의 둘은 무언가를 끝내지도 못하고 시작되지도 못하고 멀어졌다. 그렇기에 무너질 수 있었고, 다시 일어설 수 있었다.

서로 다른 공간에서 또다시 무언가가 꿈틀거렸다. 동시에 둘의 눈에는 마지막 장면이 새겨졌다. 아주 조용한 클릭이었다.

◎

작은 갤러리에 도착했다. 작게 사진 전시회를 하는 곳이었다. 태온은 마른침을 삼키고 주변을 둘러보았다. 전시회 제목은 'Click!'이었다. 홍보 엽서에는 오후의 바다가 그려져 있었다. 유리문을 열고 안으로 들어갔다. 벽에는 많은 사진들이 보였다. 태온은 긴장감이 들었는지 주머니 속 편지를 살짝 구겨지게 잡았다. 작가의 이름이 쓰여 있는 공간에는 정갈하게 '박서이'가 쓰여 있었다. 태온은 천천히 따라 읽었다.

"박서이."

태온은 입을 다물지 못하며 작품들을 감상했다. 전시장 구석 스피커에서는 '메모리즈'가 작게 들어져 있었다. 태온은 자신도 모르게 미소를 지었다. 태온은 작게 흥얼거리며 사진 하나하나를 눈에 담았다. 예전에 자신에게 보여준 사진 말고도 아름다운 풍경들이 많았다. 구석에는 가장 익숙한 사진이 있었다.

어딘가 불편해 보이게 서서 흔들린 사진. 서이의 얼굴이 잘 나오지는 않았지만, 태온이 보기에는 누가 봐도 서이였다. 사진에서부터 흘러나오는 서이의 향기. 태온은 그 사진이 매우 마음에 들었다. 자연스레 제목으로 눈길이 갔다. 이 사진의 제목은 '박서이'. 밑에 간단한 설명으로는 '나보다 더 진짜인 나.'라고 쓰여 있었다. 혹시나 서이가 자신을 잊었을까 걱정이 되었는데, 다행히 그런 일은 없을 것 같다.

"재작년이지…"

태온은 마치 자신이 오아후섬에 있는 듯한 편안한 기분을 받았다.

"내가 생각한 것보다 더 대단한 사람이었네, 서이."

작은 공간이었지만 서이의 힘을 알 수 있었다. 그가 얼마나 단단하고 대단한 사람인지. 태온은 사진, 제목, 짧은 설명을 순서로 모든 작품을 집중해서 보았다. 그 중에 자신의 손을 찍은 사진이 있었는데 서이가 자신이 죽어간다는 게 낯설다고 적어 놓았다.

태온은 아무 말 하지 않고 그 사진 앞에서 눈을 감았다. 그렇게 마지막 사진까지 전부 돌아보고 한 번 더 돌고 있을 때인가. 뒤에서 바퀴가 굴러가는 소리가 났다. 천천히 뒤를 돌아보았다.

태온은 놀라지도 않고 침착하게 미소를 지었다. 누

군가가 사진에 자신의 웃는 모습도 담고 싶다고 했다. 다음에 만나면 예쁘게 찍어준다는 말도 했고. 태온 역시 그랬기에 가방에서 작은 카메라를 꺼냈다. 그럴듯한 자세를 잡고 입 모양으로 말했다. '웃어줘.' 누군가가 그랬듯이 태온도 모든 걸 가득 담아 셔터를 눌렀다.

[서이에게]

수신인: 박서이
발신인: 한태온
읽은 시간: 2일 7시간 전

안녕, 오늘 보니까 마코 아저씨한테 메일 주소 알려줬더라. 그래서 급하게 메일 적고 있어. 지금, 이 메일을 읽고 있는 네가 날 어떻게 생각할지는 모르겠는데. 끝까지 읽어주었으면 좋겠어. 알아, 나도 이기적인 거 진짜 잘 알고 있어. 그래서 그만큼 미안한 마음도 크고. 그리고 가기 전에 두고 간 편지도 잘 읽었어. 전시회 한다고 했잖아. 내가 꼭 갈게. 다른 건 몰라도 이 말은 약속할게. 그리고 너한테 이유 없이 화낸 거 진심으로 사과할게. 직접 하고 싶었는데 언제 갔는지는 모르겠는데 한국으로 돌아간 것 같더라. 사실 누구한테 말한 적도, 말하고 싶었던 적도 없었는데 이번에는 너한테 알려줘야 할 것 같아서. 네가 나에게 용기 내어 이야기해 주었는데 내가 너무 무례하게 군 것 같아. 나도 이 말을 하기까지 고민이 많았는데. 너라면 이야기해도 괜찮을 것 같아. 나는 하와이에서 아버지랑 오래 살았어. 엄마랑은 이혼하셨거든. 근데 내가 여기로 가족들을 부르고 싶다고 하니까 아버지가 흔쾌히 그러자고 하시고 엄마랑 동생 데리고 오다가 가족들이 탄 비행기가 원인 미상으로 사고가 났는데 한순간에 가족을 전부 잃었어요. 그것 때문에 누군가와의 이별을 꺼리는 편인데, 그래서 누군가랑 알게 되는 게 무서워서 말을 잘 안 해요. 근데 뭔가 너는 다를 것 같아서 먼저 이야기 건넸어. 이별이 생각되지 않는, 그냥 스쳐 가는 존재인 줄 알았어. 솔직히 이야기 듣고 후회했어. 곧잘 회피했던 것 같은데 이번에는 그러면 안 됐어. 나도 무언가를 받아들이는 연습이 필요했어. 이렇게 다 쓰고 보니까 변명하는 것 같네. 염치없지만 하나만 더 부탁할게. 답장해 줘. 기다리고 있을게. 언제라도 네가 날 용서할 수 있는 날. 내 이름 아무 감정 없이 부를 수 있는 날에 답장해 줘. 언제까지고 기다릴게. 그리고 이번에는 네 모든 거 다 이해하고 받아들이려고 노력할게.

추신. 진짜 미안해. 용서해 줘.

[태온에게]

수신인: 한태온
발신인: 박서이
읽은 시간: 30분 전

안녕하세요 태온 씨. 메일 온 것 보고 많이 놀랐어요. 저한테 크게 실망한 것 같아서 걱정했거든요. 제가 태온 씨에게 다시 답장을 드리고 있는 걸 보면 제가 태온 씨를 미워하지 않는다는 걸 아시겠죠. 단 한 번도 태온 씨를 탓하거나 미워하지 않았습니다. 오히려 제가 태온 씨에게 방해나 안 좋은 영향을 끼쳤는지 걱정하기에 바빴는데 그런 사연이 있는 줄은 몰랐어요. 근데 사람들은 크기는 상관없지만 누구나 아픔을 가지고 있어요. 많은 두려움도요. 남이 보았을 때는 안 보여도 자신에게는 얼마나 크게 보일까요. 태온 씨도 용기 내서 제게 말해주셔서 감사할 따름입니다. 제 전시회도 오신다고 했는데 빨리 만나고 싶어요. 한국에 돌아오니까 오아후섬의 채도 높은 공기와 바다가 그리워요. 태온 씨는 아직 서핑하고 있나요. 처음 만난 이후로는 서핑하는 거 못 봤는데 아쉬워요. 태온 씨 엄청 행복해 보였어요. 같이 있던 순간이 한여름 밤의 열병같이 금방 지나갔어요. 저는 이제 곧 전시 준비로 바빠질 것 같네요. 무언가를 받아들일 필요가 있다고 하셨는데 맞아요. 우리 모두 그 자세가 필요하죠. 저도 이제는 사진을 찍기가 점점 더 힘들어질 텐데 그것도 과연 제가 덤덤하게 받아들이고 깊게 안을 수 있을까요. 이렇게라도 이야기할 수 있어서 좋네요. 우리 어쩌면 더 많은 이야기를 나눌 수도 있었겠다는 생각이 들어요. 오늘도 좋은 하루 보내시고 답장 기다릴게요.

추신. 오늘따라 더 보고 싶네요.

수신인: 박서이
발신인: 한태온
읽은 시간: 5시간 전

답장해 줬네. 진짜 고마워. 나는 안 올 줄 알고 기대도 안 하고 있었는데. 그리고 나는 당연히 나를 미워하고 있을 줄 알았는데. 왜 네 잘못이라고 생각했어. 너는 그냥 용기 낸 것뿐이잖아. 고마워 전부 다. 내 앞에 나타나 준 거랑 이름 이야기해 준 거 모두 다. 요즘은 서핑 잘 안 해. 항상 불안해서 누군가가 그립고 생각나서 생각 좀 비우려고 가는 건데. 지금은 잘 안 가. 누구 덕분에 내 안의 바다가 잔잔해지는 기분이거든. 서핑 대신에 요즘은 다른 거에 빠졌어. 그게 뭔지는 맞춰봐. 아마 네가 들으면 좋아할 거야. 그냥 좋아했으면 좋겠어. 빨리 전시회 여는 날이 왔으면 좋겠다. 네 사진 전부 눈으로 다 담고 싶어. 항상 새롭고 신기하기만 했거든 너를 보면. 그리고 네가 하는 말을 듣다 보면 뭔지 모를 감정이 코끝에 스치곤 해. 이 감정의 이름은 뭘까. 슬픈 건 아닌데 울 것 같기도 하고 행복한 것도 아닌데 미소가 지어지고 불안한 건 아닌데 몸이 지직거려. 다 토해내고 싶은 감정이기도 한데 꼭 담고 유지하고 싶기도 해. 마코 아저씨는 지금 사춘기가 온 거냐고 물으며 웃으셔. 그건 아닌 것 같은데, 맞지? 지금 생각하면 너랑 같이 있던 순간들 다 번져서 빛이랑 채도만 남은 느낌이야. 근데 또 향이 진해서 기억에 남지. 너는 어떤지 궁금하다. 추신. 와이키키 쪽에는 코코넛 보이가 잘 오는데, 어제는 운이 좋았는지 코코넛 보이를 봤어. 너도 코코넛 워터를 먹어본 적이 있니? 나는 맛있는지는 잘 몰라서 한 번 먹고 안 먹었어. 나중에는 같이 먹어보자.

[태온에게]

수신인: 한태온
발신인: 박서이
읽은 시간: 7분 전

새로운 취미라니 기대되네요. 오래 생각해 봤는데도 역시 모르겠어요. 알려주시면 감사하겠어요. 저도 태온 씨 만난 첫날에 코코넛 보이를 봤어요. 코코넛 보이가 매일 오는 건 아닌가 보네요. 제가 운이 좋았던 걸까요. 어쩔 수 없이 하나 먹어보기는 했는데 맛은 저는 잘 모르겠어요. 근데 만나면 해변에서 같이 먹어보고 싶기는 해요. 저도 요즘에는 사진 잘 안 찍어서 손이 허전한데 할 만한 취미가 있을까요. 저도 알 수 없는 감정이 움트기도 하는데요. 우리는 굳이 모든 감정에 이름 붙여야 우리의 문제점이 명확해질까요. 당신의 이름 없는 감정들은 귀중한 것인데 내뱉었을 때 그 귀중함이 배로 늘어나요. 마음껏 꺼내서 늘어놓고 안아 봐요. 그게 어떤 형태를 하고 있든지. 비워진 다른 공간에는 다른 알 수 없는 감정이 채워질 텐데 그게 좋든, 싫든 소중하니까 부디 꼭 가지고 있다가 자신에게 도움이 안 된다는 생각이 여러 번 들 때 그때 필요 없어지면 완전히 보내버려요. 그냥 이름을 붙이지 않기로 해요 우리. 그게 어떤 이름이든 내 숨이 되고 내 살이 되는 것들인데 내가 그렇게 이름이란 걸로 단정 지으면 저는 별로 그게 좋아 보이지는 않아요. 세상에는 단정 지을 수 없는 게 너무나 많죠. 셀 수 있는 것보다 없는 게 세상에 많고. 꼭 이름이 있어야 문제가 해결되는 게 아니니까. 제가 말하고 싶은 건 태온 씨는 자기 그대로 투명하게 잘 지낼 거라고 믿어요. 고민이 줄어들었으면 좋겠네요. 그리고 우리 만난 날의 분위기는 저는 이름을 붙이려고 해서 불투명했어요. 우리는 우리고 바다는 바다인데. 우리가 바다고 바다가 우리가 될 수 있는데 말이에요. 우리 생의 아픈 감정들은 마지막까지 있을 텐데 그래도 모두 잘 이겨낼 거라고 믿어요. 어제도 그랬고 더 오래된 과거에도 해냈어요. 현재에 있으니까, 모두 잘 이겨냈다고 말해주고 싶어요.

추신. 새로운 취미에 빠지면 감정의 이름은 가볍게 잊을 수 있을 겁니다.

수신인: 박서이
발신인: 한태온
읽은 시간: 3일 전

뭘까 진짜. 메일 잘 읽었어. 여러 번 읽고 생각나서 더 읽고 자기 전에도 읽고. 음 빨리 새로운 취미를 알려주고 싶은데 뭔가 나중에 알려줘야 할 것 같다. 지금도 많은 감정이 수중을 유영하고 있는데 역시 네 말대로 이름을 붙이지 않는 그런 상태가 가장 온전하네. 너는 정말 빛나는 존재 같아. 내가 평생을 보며 살아온 바다의 윤슬보다도 빛나. 어렸을 때부터 생각했어. 오아후섬의 태양보다 바다의 물거품보다 아름답고 순수하고 밝은 존재가 있을까 싶었어. 근데 있더라. 너 떠나기 전에 너를 좀 생각해 봤는데 자주 휘청이는 것 같길래 걱정되었어. 많이 불편하거나 그러지는 않아? 가족들이랑 사이가 안 좋은 것 같은데 너를 도와주시는 분들은 있어? 혼자 있다가 위험한 상황이 오면 안 되잖아. 걱정돼서 그래. 이 메일도 빨리 봤으면 좋겠고. 어젯밤에 갑자기 생각나서 일어나자마자 메일 보내. 무슨 일 있으면 이야기하고. 답장 기다리고 있어.

[태온에게]

수신인: 한태온
발신인: 박서이
읽은 시간: 1분 전

아직은 그렇게 움직이는 게 불편한 건 아니지만 아마 곧 휠체어가 필요할지도 모르겠네요. 지금은 지팡이 짚고 다니기는 하는데 휘청이는 범위도 넓어지고 근육도 금방 피로해져서 장시간 이동하는 것은 어려워요. 조만간 휠체어를 써야 할 것 같기는 해요. 크게 넘어지거나 그런 일은 없었으니까 걱정하지 말고요. 근데 메일 쓰는 게 점점 힘들어지고 있어서 매일 답장하는 거 힘들 것 같네요. 그러니까 답장 없어도 걱정하지 말고요. 미안하네요. 걱정해 주는 것두 정말 고맙고요. 새로운 취미도 궁금한데 아직은 때가 아니라니 기다려야겠네요. 하고 싶고 나누고 싶은 이야기가 많은데 오늘은 메일 쓰기가 조금 많이 어려워요. 좋은 하루 보내요.

추신. 곧 전시회인데 만날 수 있겠네요.

[서이에게]

수신인: 박서이
발신인: 한태온
읽은 시간: 3일 전

안녕 서이야. 바빠서 오늘이 되어서야 메일을 보내. 시간 금방 간다. 나는 오늘 출국해. 4시간 뒤면 공항에 가야 해. 사실 나 너무 무서워. 비행기는 진짜 바라보기도 싫었는데 내가 타게 될 줄이야. 신기하다. 믿기지 않아. 항상 미워할 줄만 알았던 대상이 이렇게 꼭 필요한 존재가 될 줄이야. 너무 떨린다. 진짜 너무 무서워. 또 비행기에 문제가 생기면 어떡해? 일단 마코 아저씨가 공항까지 데려다주신다는데. 무서워. 그냥 계속 무섭기만 해. 너를 너무 만나고 싶기는 한데. 내가 만약 이겨내지 못하고 공항에 남은 채로 비행기만 이륙하면 어쩌지. 내가 과연 잘 이겨낼까? 조금 후회되는데 모르겠다. 내가 한국 도착하면 다시 메일 보낼게. 부디 행운을 빌어줘. 나 진짜 이렇게 걱정되고 식은땀 나는 거 처음이다.

90

수신인: 박서이
발신인: 한태온
읽은 시간: 읽지 않음

죽다 살았네. 내가 잘 오길 열심히 빌어
주었겠지. 택시 타고 가고 있어. 10분 뒤 도
착이야. 이따가 만나자, 서이야.

◎

　죽음과의 거리를 알고 있는 기분은 어떨까. 그것도
자신의 눈앞에서 편안하게 자는 사람의 죽음을 너무
나 잘 알고 있다면. 규칙적으로 조용히 오르락내리락
하는 저 가슴팍이 순간 멈추면 어쩌지라는 생각이 태
온의 머릿속을 휘젓는다. 지금 제일 빛나고 있는 사람
이 죽어간다는 게 아직도 믿기지 않는다. 왜 하필 너에
게 그런 아픔이 찾아온 거니. 2년 전만 해도 가장 아름
다운 순간을 카메라에 담기 위해 불완전한 몸으로 혼
자 낯선 땅에 왔다. 감각이 사라져가는 몸 끝으로 세상
의 모든 아픔도 행복도 느끼기 위해 열심히 달리는 서

이의 모습이 아른거렸다. 우리가 무너져 내려 다시 단단해졌던 어두운 바다처럼 서이는 점점 본인의 색채를 잃어가고 있었다. 자신에게 새로운 세상을 보여주고 나누어주었던 서이였기에 태온은 자신의 것도 전부 다 나누고 싶었다. 그래서 한평생을 살던 하와이의 오아후섬을 떠나 서이가 사는 한국에 왔다. 가족이 있어도 자신처럼 혼자 살아온 서이에게 항상 도움이 되고 싶어서 태온은 서이의 병시중을 자처했다. 그렇게 여름을 한국에서 서이와 함께 보냈다. 처음 서이가 시한부라는 단어를 입 밖으로 내뱉었을 때는 외면하고 싶었다. 바보 같지만, 항상 그래왔던 태온이기에 누군가의 죽음을 받아들일 마음의 공간이 없었다. 상처를 준 자신에게 서이는 회피하기는커녕 오히려 더 용기 내어 다가와 주었다. 그래서 조금은 바뀔 수 있었다. 제대로 작별 인사도 하지 못한 서이가 한국으로 돌아간다는 걸 안 건 이미 너무 늦은 뒤였다. 편지를 매일 보며 생각했다. 자신이 서이에게 해줄 수 있는 것은 무엇일까. 나만이 가지고 있는 세상은 뭐지. 서이의 병에 대해서도 찾아보았다.

사람마다 시선은 다르다. 한 대상을 보고도 다들 다

르게 생각하고 이야기한다. 자신에게는 아버지 같던 바다는 서이에게 어떤 존재이고 매일 가지고 다니는 낡은 카메라는 어떤 이야기를 담고 있는지 궁금했다. 서이를 조금이라도 이해해 보기 위해 자신도 카메라를 들었다. 서이가 자신이 보는 세상을 좋아할지는 몰라도 담아보고 싶었다. 서이가 그랬던 것처럼 자신도 말이다. 서이가 완전히 떠난 후 태온은 한동안 눈에 보이는 모든 것들을 카메라에 담고 다녔다.

◎

"형, 우리 괜찮으면 바다에 갈까. 날씨가 선선해졌어, 바람도 불고."

서이의 손을 주무르며 낮은 목소리로 속삭였다. 무겁게 덮인 서이의 눈꺼풀 안으로 눈이 굴러가는 모습이 보였다. 태온은 서이의 새끼손가락 마디를 하나하나 꾹 눌렀다.

"편의점에서 코코넛 워터도 팔더라. 맛이 똑같은지

궁금해서.”

서이는 눈을 감고 누워 같은 간격으로 숨을 쉬었다. 태온은 눈을 감고 가만히 자는 서이의 모습이 미웠다. 조용히 감고 있는 눈을 보고 있으면 진짜 곧 죽을 것 같은 생기 없는 얼굴이어서 보기 싫었다. 아직은 마주 할 준비가 안 되었다.

“박서이.”

낮은 목소리로 서이를 부른다. 진짜 잠든 서이의 가 슴팍을 바라보았다. 금방이라도 움직임이 멈출까 무 서웠다. 그래서 서이가 잘 때면 옆에서 숨소리를 들었 다. ‘세상이 멈춰간다는 것은 어떤 느낌일까?’ 태온은 항상 궁금했다. 조금이라도 더 서이를 이해하고 싶었 다. 하지만 정작 태온이 서이의 옆에서 할 수 있는 건 흔한 일상임에도 하기 힘든 일을 하고 싶다고 속삭이 는 것과 서이를 대신해서 움직이는 것뿐. 서이의 아픔 까지는 대신할 수 없었다. 그게 무너지는 것처럼 너무 고통스러웠다.

‘왜 하필 너야. 너는 조금 더 빛나고 흩어져도 될 정 도로 강한 존재인데 왜 너는 일찍 굳어가는 거야.’

이런 말들을 태온은 삼키고 또 삼키기를 반복했다. 서이에게만은 자신의 감정을 솔직히 표현하던 태온은 점차 자신의 감정을 숨기고 무시하는 법을 배우기 시작했다. 한참을 서이의 손을 붙들고 주무르고 토닥이다 보니 서이는 잠에서 깼다. 천천히 눈을 뜨는데 기다란 속눈썹이 햇빛에 닿아 반짝였다. 그러고는 빛은 없지만 마주하기에는 눈부신 눈으로 태온을 빤히 바라봤다. 태온의 손에 잡힌 새끼손가락이 떨리듯 움직였다. 그런 서이를 태온은 아무 일 없었다고, 괜찮다고 이야기해 주듯이 손을 쓸어내렸다.

"우리 바다에 가자."

태온은 서이가 일어나자마자 바다에 가자고 말했다. 한국에 오고 나서 바다에 간 적이 없었다. 무엇보다 간다고 해도 휠체어를 탄 서이는 해변에 들어가지 못하고 멈춰서 바다를 바라보는 것밖에 할 수 없었지만, 태온은 그래도 같이 바다를 보고 싶었다. 서이는 그런 태온을 보고 무언가 말하고 싶은지 입을 살짝 열었다가 닫는다. 태온은 겨우 움직이는 서이의 오른손 새끼손가락을 잡고 살짝 당기며 웃는다.

“안돼, 너 힘들어.”

어눌한 발음으로 고개를 살짝 좌우로 흔들며 서이가 대답했다.

“안되는 게 어디 있어.”

태온이 서이를 바라보며 말했다.

“다 할 수 있어.”

서이는 태온의 마지막 말에 깊이 생각하는 것 같았다. 태온은 그의 얼굴을 보고도 무슨 감정이 있는지 헷갈렸다. 사실 태온은 자기가 말해 놓고는 조금 눈치를 봤다. ‘진짜 다 할 수 있나. 어디까지 우리의 몸짓이 닿고 어디까지가 넘지 못하는 영역인데.’ 서이는 생각을 마치고 눈을 깜빡였다. 마치 그 모습은 아니라고 이야기해 주는 것 같다.

“그래도 더 움직이기 힘들기 전에 같이 가고 싶어.”
“……”

“형도 알잖아.”

태온은 그 뒤에 붙는 말을 하려다 혀로 끊었다. 서이

는 그가 뭘 말하려고 했는지 짐작이 갔지만 전혀 모르겠다는 표정을 지었다.

“미안, 근데 나 바다를 보면 미련 생길 것 같아.”

서이는 정말 그게 걱정이 되었다. 내가 바라는 세상을 다시 한번 마주한다면 그때는 정말 이 세상을 떠나는 게 어려울 것으로 생각해서. 그래서 가끔 태온의 걱정이 묻어나지 않는 순수한 미소를 볼 때면 이렇게 빨리 멈춰가는 게 너무 밉기만 했다. 원망스러웠다.

느린 속도로 나란히 내뱉은 말에 태온은 잠시 할 말을 잃었다. 미련이 생긴다. 미련이 생기는 대상이 무엇이든 간에 서이는 여전히 세상과의 작별하기 싫을 것이다. 그래도 잘 참으며 이별을 준비하는데 생기 넘치는 바다를 보며 서이는 과연 어떤 표정으로 어떤 생각을 할까. 태온은 생각했다. ‘아, 내가 너무 욕심부렸구나. 상대는 안 좋아할 수도 있겠구나.’ 요즘따라 태온은 서이의 감정을 읽는 게 힘들었다. 처음 만났을 때도 감정을 잘 숨기는 사람이었는데 지금은 더욱더 감정을 숨기고 있다. 아마 자신을 지키기 위한 서이만의 방법이겠지. 서로 솔직해지면 이별하기 쉽지 않은 법이다. 모든 걸 다 서로에게 이야기한다고 해서 서로를 다 이해할 수 없다는 것 정도는 둘 다 잘 알고 있었다. 서로를 위해 숨기기 바빴다. 아직 너무 조심스럽기만 한 사이이다.

"미안해, 근데 한 번은 가보고 싶어. 근처라도."

서이에게 시선을 떼고 허공을 바라보면서 중얼거렸다.

"나쁘지만은 않을 수도 있어."

점점 목소리가 작아졌다. 서이도 사실은 바다가 그립지 않을까.

"생각… 해보고."

단어 사이의 공백이 길게만 느껴졌다. '어째서 이렇게 많이 변해버린 걸까. 바다에 몸을 던졌을 때 세상이 멈추었더라면 우리는 조금 더 행복하지 않았을까.' 고개를 돌리니 오래된 책상 위에 서이의 낡은 카메라가 보였다. 조용히 일어나 손에 카메라를 쥐었다.

서이의 카메라를 잡고 있으면 그대로 서이의 온기가

느껴지는 것 같았다. '인생이 사진 같으면 어떨까?' 태온은 잠시 멈춰서 생각했다. 가장 행복하게 웃을 수 있는 순간에 플래시가 터지며 그대로 멈춘다. 영원한 행복에서 빛이 바래는 세월을 맞이하는 사진들. 태온은 그 사진들이 부러웠다. 온전한 서이가 자신의 시야 안에서 계속 있었으면 좋겠다.

"사진, 찍어줄게."

카메라를 어색하게 들어 올렸다. 서이는 조용히 고개를 끄덕였다. 태온은 카메라 너머로 보이는 서이를 바라보았다. 셔터를 누르지 않고 그냥 바라보기만 했다. 발을 떼며 옆으로 움직이기도 하고 가까이 다가가기도 하며 다양한 위치에서 카메라 너머의 서이를 바라보았다. 마음속으로 '언제까지나 내 앞에 있어 달라'고 절박하게 소리 질렀고 태온의 조용한 외침은 빠르게 무너져 내렸다. '아직은 너무 예쁘기만 해서 무너지기에는 이른데. 예쁘지 않다고 해도 너만큼은 무너지면 안 되는 거잖아, 그치.' 서이에게 주어진 시간은 3년 남짓한 짧은 시간. 태온과 서이는 벌써 그 짧은 시간의 반을 넘게 보냈다. 과연 그들의 마침표는 제자리에 찍힐 수 있을까. 너무 이르지도 너무 늘어지지도 않은 적당한 지점에 번지지 않고 깔끔하게 자리 잡을 수 있을까. 태온은 자신이 없었고 그럴 때마다 매번 무너졌다. 그래도 서이 앞에서는 무너지고 싶지 않았다. 그래서 오늘도 입술을 꽉 깨물고 바닥을 바라본다. 서서히 손에 든 카메라에 힘이 빠져 바닥을 향해 천천히 내려간다. 서이의 이름을 외칠 때 느껴지는 서이의 웃음이 영원하기를.

"우는 거야?"

서이가 조용히 물었다. 태온은 온 힘을 다해 눈물을 참으며 계속해서 고개를 저었다.

"왜 울고 그래."

서이도 계속되는 이런 상황들이 어색하고 낯설기만 한지 쉽게 말을 걸 수 없었다. 마음 같아서는 당장이라도 뛰어가 달래주고 싶은데 그러질 못하니 울고 싶은 건 서이 쪽이었다.

"울지 마. 괜찮아."

　서로에게 해줄 수 있는 말은 괜찮지 않아도 내일은 마치 괜찮아질 거라는 듯이 괜찮다고 속삭여주는 것밖에 없었다. 힘들게 울음을 참는 태온의 불안정한 숨소리를 빼면 서이의 위로가 허공에 맴돌았다. 힘이 없는 단어들은 허공을 돌다 엉뚱한 방향으로 추락하기를 반복한다.

　"괜찮은데, 진짜."

　애써 덤덤하게 이야기하는 서이의 모습에 눈물이 쏟아져 나오려고 했다. 당장이라도 달려가 안겨서 울고 싶은 태온은 주먹에 힘을 쥐고 뒤를 돌았다. 자신이 무너지면 서이는 누굴 믿고 편히 잠을 자는데. 심히게 떨리는 목소리로 대충 대답했다.

　"잠깐 나 나갔다가 올게. 필요하면 전화해."

　떨리는 태온의 어깨에 서이의 시선이 머물렀다. 어쩌면 태온은 자신보다 이별을 마주하는 게 무서운 사람일지도 모른다. 같이 울어주고 싶은 서이인데, 눈물은 나지 않았다. 이게 현실이고 내일인데. 이미 모든 걸 받아들이기로 한 서이는 쉽사리 태온을 건들지 못

했다. 진짜 무너질 것 같은 사람은 자신보다는 태온에 가까우니까. 그래서 그냥 보내주기로 했다.

"응."

서이의 답을 듣자마자 도망치듯 문을 열고 나왔다. 힘이 빠지는 탓에 멀리 가지도 못하고 방문 앞에 주저 앉아 입을 틀어막고 울었다. 오늘따라 차가운 공기에 눈가가 시렸다. 생각보다 강하게 쏟아져 나오는 눈물을 참기에는 불가능해 보여서 소리를 참기로 했다. 나의 감정에 이름을 붙이지 말고, 온전히 간직하라는 서이의 조언과는 반대로 너무 빠르게 이 감정의 이름을 알아버린 태온은 두렵기만 했다. 이 이름 없는 감정들이 자신을 잡아먹을까 봐. 자신이 무너지는 모습을 서이가 알아차릴까 봐. 숨까지 참아가며 끅끅거렸다. 그 소리가 너무나 선명하게 방안에 울려 퍼지는 걸 태온은 모를 거다. 오직 서이 혼자 감당해야 하는 무거움이다.

서이는 미안했다. 자신에게 너무 잘 배려해 주는 태온의 모습이, 혼자서도 잘 버티고 있으려고 발악하는 모습이 안쓰러웠다.

어떻게 보면 얇은 막이라고 생각이 드는 저 문 너머로 들리는 태온의 울음소리는 그 무엇보다 진실되었다. 누군가를 위해 저렇게 울어줄 수 있는 사람이 나에게 있다는 것만으로도 행복하다는 걸 태온은 모를 것이다. 숨까지 꾹꾹 참아가며 틀어막은 입 사이로 새어 나오는 울음이 얼마나 듣기 비참할까. 그래도 서이는 태온의 울음소리 하나하나를 다 담고 씹어 삼켰다. 우는 모습을 아직 못 본 걸 다행이라고 생각해야 하나. 움직이지 못해 저 문을 열고 나가지 못하는 걸 다행이라고 해야 할까. 지켜만 봐야 하는 게 진짜 다행이라고 생각해야 하는 건가. 새끼손가락을 까딱거렸다. 태온의 이름이 서이의 입안에서 살짝 굴리다가 삼켰다. 침묵을 선택했다. 혼자 무너지고 다시 일어서는 방법을 언젠가는 태온도 알게 될 것이다. 서이가 그랬던 것처럼 자신을 단단하게 하는 방법을 찾을 것이다. 또 다른 파도를 타는 법을 금방 배울 것이라고 서이 혼자 생각했다.

"진짜 괜찮아? 저번에는 미련 생길 것 같다고 싫다고 했잖아."

태온이 가방을 챙기며 물었다.

"그냥, 네 말대로 나쁘지만은 않을 것 같아서. 우리 한국 와서는 바다 안 갔잖아."

기분이 좋은지 서이의 말이 빨라졌다. 그마저도 조금 어눌하기는 했지만. 태온은 서이가 자신을 위해 그런 말을 한다는 걸 잘 알고 있었다. 서이는 무언가를 결정하면 생각을 잘 틀지 않는 성격을 가지고 있는데, 아마 자신이 그날 울었다는 것을 눈치챘을 것이다. 아차 싶었는지 태온은 입을 닫고 마른세수를 했다.

"아니야, 그냥 안 가도 됐는데. 미안. 내가 너무 애처럼 굴었네."

태온이 손으로 얼굴을 가리고 말했다. 자신 때문에 바다에 가는 것이라면 태온은 갈 생각이 없었다.

"어차피 내가 지금 미련 생겨도 내가 뭐 할 수 있는 건 없어."

침대에 걸터앉으며 말했다.

"휠체어 가져다줘."

서이의 말이 맞지만, 그래도 너무 자신 때문에 가는 게 뻔히 보이는 서이의 얼굴에 미안함이 들었다. 그래서 그냥 조용히 휠체어를 끌고 갔다.

"진짜 괜찮은 거 맞아?"

태온이 진지한 얼굴로 물었다.

"굳이 나 때문에 무리할 필요가 없는데."
"무리하는 거 아니고, 이 정도는 괜찮아."

휠체어에 앉으며 덤덤한 표정으로 태온에게 말했다. 같이 바다에 가면 기쁠 거라고 생각했는데 자기 생각과는 다른 방향으로 흘러가는 분위기에 속상하기만 했다.

"형, 나는 기쁜 마음으로 같이 바다를 보고 싶은 거였어. 이런 걸 원한 게 아니야."

서이는 그 말에 웃어 보였다.

“지금이 아니면 언제인데, 나 되게 기쁜데. 사실 나도 바다가 보고 싶었어.”

태온은 지금 서이가 하고 있는 말이 진심인지 아니면 자신을 위한 거짓인지 알 수 없었다. 잠시 생각하더니 휠체어를 끌었다.

“그럼 가야지.”

부드럽게 휠체어를 끄는 태온의 온기가 잘 느껴졌다. 그날 태온이 바다에 가자고 제안했을 때 많이 고민하다 결국은 지금 미련 생겨봤자 시간이 느리게 가는 것도 아니고 그냥 약간 힘들어지는 것뿐인데 그 정도는 서이가 견딜 수 있다고 생각했다. 무엇보다 이런 상태로는 무엇에도 집중하기 힘들어서 차라리 바다에 가서 생각을 전부 비우면 좋겠다고 생각했다. 태온의 눈에 바다가 가득 담기면 좋겠다고 생각하기도 했고 말이다.

“근데 언제까지 내가 밀어주는 휠체어 탈래.”

태온이 분위기를 풀기 위해 장난스럽게 물었다.

“우리 쓰는 생활비로는 안 되는 거 잘 알면서.”

서이도 웃으며 말했지만, 왠지 모르게 씁쓸함이 묻어 나왔다.

“어차피 서로 얼굴도 잘 안 보고, 형 도와주는 것도 아닌데 생활비 더 달라고 해버려.”

만나본 적도 없는 서이의 가족들인데 안 봐도 잘 알 것 같다. 그리 좋은 사람들은 아니라는 것을.

“너가 끌어주면 됐지 뭐하러 그래. 그리고 지금 사 봤자 얼마 쓰지도 못해.”

서이의 말투는 단호했다. 그래 서이도 가족과는 별로 말을 섞고 싶지 않을 것이다.

“내가 대신 말해줘?”

태온은 서이가 지금보다 더 자유롭고 편했으면 좋겠다고 생각해서 이것저것 많이 해보자고 하는 편인데 그럴 때마다 거절했다.

“이것도 중고로 산 거잖아.”

태온이 찡그렸다. 중고로 휠체어를 산 것도 마음에
안 드는데, 자꾸 필요 없다는 서이도 마음에 안 들었
다.

"내가 알바 구해서 그냥 휠체어 전동 아니어도 새것
하나 사자."

뭐든 해주고 싶은 마음이었다.

"됐어. 얼마 쓰지도 못한다니까."

괜찮다는 말에도 태온은 계속해서 투덜거렸다.

"그거 아니면 가족들한테 생활비 더 달라고 해."

서이는 태온의 말에 조용히 눈을 깜빡였다.

"조만간 알바 구한다, 내가."

태온이 중얼거리자 서이는 미소 지었다. 괜찮다고
해도 아니라고 할 태온이 눈에 보였다. 한참을 걸어 번
화가로 나와 택시를 잡았다.

"2분 뒤에 도착한다네."

태온이 핸드폰을 확인하고 주머니에 핸드폰을 넣었다. 서이는 그런 태온을 빤히 바라보기만 했다. 서이의 시선이 신경 쓰이던 태온이 머리를 긁적이며 기침했다.

"너는,"

서이가 천천히 입을 떼는 순간 택시가 도착해 그들 앞에 멈추었다. 태온은 미소 지으며 택시의 문을 열고 서이의 팔목을 붙잡고 일으켜 세웠다.

"조심해."

그리고 휠체어를 능숙하게 접어 트렁크에 실었다. 뒤늦게 서이의 옆에 앉으며 기사님께 천천히 목적지를 이야기해 주었다. 그리고 한숨 돌리는 듯 창문에 기대었다.

"우리는 집 근처에 바다가 있는데도 이제야 간다, 그치?"

태온이 웃으며 고개를 돌렸다. 서이는 살짝 고개를 끄덕였다. 둘이 사는 집 근처에 30분 정도 차를 타고 가면 해변이 있다.

"근데 아까 뭐 말하려고 했어?"

서이를 바라보며 물었다. 서이는 눈을 천천히 깜빡이며 고개를 저었다.

"별거 아닌데."

그러고는 창문으로 고개를 돌렸다. 태온은 한참을 서이의 뒷모습을 보았다. 아픔의 무게를 혼자 감당하기에는 너무 작아 보이는 뒷모습이 시선을 전부 빼앗았다. 창밖의 빠르게 지나가는 풍경을 보다 보니 금방 해변에 도착했다. 태온은 빠르게 휠체어를 펴고 서이를 태웠다. 택시가 둘을 해변에 두고 떠나자, 앞에 푸른 바다가 보였다.

태온은 휠체어를 끌고 해변 가까이에 가다가 모래가 도로와 만나는 지점에서 멈추었다.

"한국 바다도 엄청 예쁘다. 안 추워?"

가방에서 담요를 꺼내며 물었다. 선선해지는 날씨도 맞지만, 바다 바로 앞이어서 더 쌀쌀했다. 태온은 담요를 서이의 무릎 위에 살포시 놓았다.

“고마워.”

서이가 작게 속삭였다. 바람에 묻힐 만큼 작은 속삭임이었는데 지나가는 바람 속에도 서이의 말이 잘 들렸는지 미소 지어 보였다. 그 미소야말로 정말로 우린 괜찮을 거야라고 말해주는 것 같았다. 그리고 바다를 바라보았다. 예전이라면 당장 모래에 발을 올리고 싶었는데 아쉽게도 이번에는 앉아서 바라봐야 했다. 해변은 사람이 별로 없어서 조용했다. 그 조용함을 바람 소리와 파도 소리가 덮고 있었다. 바다에 귀를 기울이면 마음이 편해지는 둘이다.

“진작 와볼 걸 그랬어.”

서이가 조용히 말했다.

“너랑 있어서 더 좋아.”

태온이 작게 대답했다. 둘은 한참 바다를 향해 귀를 기울였다. 오아후섬과는 다른 색의 바다가 신기했다. 깊고 차분했다. 마치 오아후섬의 일들은 전부 꿈이라고 이야기해 주는 현실 같았다. 바다와는 한참 떨어져 있는데도 차가운 바다 한가운데에 빠져있는 듯한 먹먹함이 둘 사이를 맴돌았다.

"태온아, 나 좀 잡아줘."

휠체어의 손잡이를 잡고 겨우 일어난 서이가 태온을 보며 말했다. 태온은 알겠다며 고개를 끄덕이며 서이를 잡았다.

"걷고 싶나 보네."

태온의 손이 서이의 팔을 단단히 붙잡았다. 이따금 서이가 살짝씩 휘청일 때마다 태온이 중심 잡는 걸 도와주었다. 둘은 천천히 발을 맞추며 모래에 발을 내밀었다. 신발을 신고 있어서 모래의 감촉이 자세히 느껴지지는 않지만 부드러움은 그나마 전해졌다. 한 발 한 발 내디딜수록 서이의 표정이 밝아졌다. 둘은 아무도 없는 해변에서 천천히 그리고 조금씩 걸었다. 그들의 호흡을 고르며 생각을 지우며 한 걸음씩 걸어갔다. 조금 휘청일 때마다 서로 잡아주며 웃었다.

"조심해. 근데 이러다가 혼자 잘 걷는 거 아니야?"

태온은 고개를 숙여 서이의 발걸음에 집중했다. 태온의 실없는 소리에도 서이는 곧잘 웃었다.

"무슨 소리야."

큰 소리로 웃었다.

"왜 잘 걷고 있는데."

서이의 팔에서 태온의 손이 손목으로 부드럽게 내려갔다. 느슨해진 손힘과 동시에 서이의 다리에도 점점 힘이 풀렸다. 안정되어 가는 서이의 발걸음만 보고 태온은 손을 점점 놓아주었다. 웃으며 서이를 바라보았다. 지탱할 게 없이 혼자 서 있는 서이는 다리에 힘이 빠지는지 눈빛이 흔들렸지만 입은 웃고 있었다. 처음으로 날아본 새처럼 기뻐하고 즐거워했다.

"잘하네."

태온의 말이 끝나기도 전에 서이는 다리에 힘이 풀렸는지 아래로 주저앉았다. 놀란 태온은 서이를 끌어올렸다.

"괜찮아? 다친 데는 없고? 내가 괜히 놓았다."

태온은 서이를 붙잡고 여기저기를 살펴보았다.

“난 괜찮아.”

서이는 뭐가 그렇게 웃기는지 계속 웃었다.

“진짜 괜찮은 거야?”

태온은 그래도 걱정스러운지 눈썹이 휘어졌다.

“응, 괜찮아.”

서이는 눈이 휘어지게 웃었다.

“이제 가야겠다. 업혀.”

태온이 서이의 앞에 쭈그려 앉았다. 서이는 조용히 태온의 등에 기대었다. 서이를 업은 태온이 천천히 해변을 빠져나갔다.

“오늘 무리한 거는 아니지? 넘어질 것 같으면 말해 주지 그랬어.”

태온이 투덜거렸다.

“아니야, 그냥 나는 좋았는데. 우리 자주 올까?”

서이가 싱글싱글 웃으며 말했다. 태온은 신기했다. 최근 들어 잘 안 웃어서 걱정했는데 오늘은 넘어져도 웃고 자신의 농담에도 웃는 모습에 자신도 기분이 좋았다. 둘의 걱정이 바람 타고 파도 타고 저 멀리 가버렸다. 지금은 그냥 웃음밖에 안 나왔다. 생각해 보면, 그렇게 재미있는 일도 아닌데. 휠체어에 서이를 앉히고 끌기 시작했다.

"자주 웃어."

허공을 보고 태온이 큰 소리로 말했다.

"보기 좋으니까. 형은 웃는 게 어울려."
"알겠어."

서이도 큰 소리로 대답했다.

"너도 같이 웃어줘. 나만 웃으면 뭐 해."

서로는 집에 가는 동안 한참을 많은 이야기를 나누고 미소를 나누었다.

둘은 집으로 돌아와 하루를 마무리할 준비를 했다.

"머리 말리고 자야지."

태온이 방문을 열고 머리만 내밀고 물었다. 서이는 침대에 기대어 사진들을 보고 있었다. 태온은 조용히 다가가 옆에 앉았다.

"머리 말리고 자. 감기 걸려."

태온의 말에 반응 하나 안 해주고 사진만을 응시했다. 태온의 시선도 자연스럽게 사진으로 향했다. 침대에 늘어놓은 사진 중에도 눈에 들어오는 사진은 태온이 처음 찍은 서이의 모습이었다.

"말 한 적은 없는데, 나 이때 브이도 못 하고 속상해서 손 뒤로 숨긴 거야. 알아?"

서이의 목소리는 많은 것을 담고 있었다. 태온은 묵묵히 서이의 이야기를 들었다.

"그때 이상해 보여도 브이 정도는 해볼 걸 그랬나 봐."

다시 봐도 심하게 흔들린 사진에는 조용히 손을 뒤로 숨긴 서이가 하늘거렸다.

"오늘처럼 그냥 해볼걸."

태온의 시선이 서이의 손가락으로 옮겨졌다. 새끼손가락만이 미세하게 까딱거렸다. 태온은 이제 알았다. 서이가 말한 미련이라는 게 이런 거구나.

"진짜 감기 걸린다."

힘없이 늘어진 서이의 어깨를 툭 치고 일어나 드라이기를 가져왔다. 그리고 코드를 꽂고 서이의 머리칼을 쓸어내렸다.

"그래도 난 이게 제일 마음에 들어."

여전히 서이는 사진에 머물러 있었다.

"마음에 들어서 다행이네, 오늘 어땠어."

따뜻한 바람이 태온의 손길과 서이의 머리카락을 지나갔다.

"좋았어."

서이의 대답에 태온이 작게 호응해 주었다. 부드러운 서이의 머리카락이 손가락 사이사이를 지나갈 때마다 이상한 감정들이 스쳐 지나갔다.

“머리 잘라야겠다.”

길어서 뻗친 머리를 손가락으로 툭툭 건드리며 말했다. 한동안 머리를 자르지 않은 탓에 서이의 앞머리는 눈 앞을 가려서 옆으로 넘겨야 하고, 뒷머리는 길어서 사방으로 뻗쳤다.

“그런가.”

서이가 앞머리를 대충 옆으로 넘기며 말했다.

“응, 바보 같아 보여. 잘라야겠다.”

태온이 웃으며 서이의 머리를 헝클어뜨렸다. 머리끝에 태온의 손길이 머물렀다.

“네가 잘라줘.”

서이의 말에 태온이 놀라서 물었다.

“내가?”

다음 날 아침 태온은 대충 비닐을 서이의 목에 묶었다.

“진짜 내가 잘라도 괜찮은 거야?”

서이는 고개를 끄덕였다. 가위를 들고 있는 한 손에 힘이 빠졌다.

“망해도 뭐라 하지 말아.”

서이는 알겠다며 빨리 잘라달라고 했다.

“일단 앞머리만 자를게.”

태온은 한숨을 쉬고 가위를 들어 올렸다. 앞머리를 모아 손가락으로 고정한 뒤 가위질을 시작했다.

“근데 왜 내가 잘라줘야 하는 거야? 미용실 가지.”

집중한 태온의 시선이 가위 끝에 위태롭게 매달려 있었다.

“그냥.”

눈을 감은 서이가 작게 대답했다. '그냥'이 세상에 어디 있어. 태온은 투덜거리면서도 서이의 앞머리를 잘라주었다. 망할까 봐 소심한 길이로 잘려진 머리카락은 삐뚤삐뚤했다.

“나 이거 더 자르면 망할 것 같은데.”
“그럼, 그만 해.”
“마음에 안 들어도 내 잘못 아니다.”

말을 끝내고 거울을 들어 올려 서이에게 보여주었다.

“모자 쓰고 다녀야겠다.”

서이가 장난스럽게 말하자 태온이 한숨을 내쉬었다.

“그러던가.”

거울이 뚫어져라 바라보는 서이를 뒤로하고 뒷정리를 한다.

“뭘 그렇게 계속 보고 있어.”

태온이 화장실을 청소하며 물었다. 서이는 태온의 목소리가 안 들렸는지, 무시하는 건지 대답이 없다. 고개를 들어 서이를 바라보니 거울을 통해 눈이 마주쳤다. 그제야 서이는 입을 열었다.

“왜 내가 중고 휠체어를 타고 미용실을 안 가는지

너도 언젠가는 알고 이해해 주는 날이 올까?”

태온은 서이의 말을 이해하지 못하고 고개를 까딱했다.

“뭔지는 몰라도 그냥 하나 새로 사는 게 나을 텐데.”

태온은 이어서 화장실 청소를 했다. 태온의 말에 그저 미소 짓기만 했다.

“태온아, 나 편지지 필요해.”

서이가 뒤늦게 까먹은 게 있는지 말했다.

“갑자기 편지지?”

서이가 고개를 끄덕였다.

“뭐 할 건데?”

머리를 쓸어 넘기며 화장실 불을 껐다.

“그냥 뭐 필요해. 내일 장 보면서 사 오던가.”

서이가 시선을 피하며 말했다.

“뭐 누구한테 쓰는지는 모르겠는데, 불편하지 않겠어? 내가 대신 써줘?”

태온이 침대에 걸터앉으며 물었다.

“괜찮아.”

단호한 서이의 대답에 태온은 별말 없이 고개를 끄덕였다.

“지금 필요하면 지금 사 오고.”

태온이 일어나 겉옷을 입으며 말했다.

“뭐 어떤 게 필요해.”
“그냥 네가 마음에 드는 거.”

그러면서 힘없이 침대로 쓰러졌다. 태온은 알겠다며 근처 문구점을 들렀다.

“갑자기 무슨 편지래.”

중얼거리며 편지지가 있는 쪽으로 걸어갔다. 생각보다 다양한 모양의 편지지에 쭈그려 앉아서 한참을 고민했다.

"자기가 좋아하는 것도 아니고 내가 마음에 드는 건
또 뭐야."

여기저기 눈을 굴리다 한 곳에서 멈추었다. 바다의
윤슬이 예쁘게 그려진 편지지가 있었다. 최근에 간 바
다가 생각나서 계속 바라보다 집었다.

"이거면 되겠지."

그리고 빠르게 계산하고 집으로 돌아왔다. 현관문을
열고 들어오니 집은 조용했다.

"형, 편지지 샀어."

서이의 방문을 열고 들어가니 잠든 서이의 모습이
보였다. 소리가 나지 않게 방문을 닫고 들어와 침대 옆
에 앉았다. 잠든 서이의 기다란 속눈썹은 가끔 파르르
떨리기도 했다. 서이가 잠든 걸 확인한 태온이 책상 서
랍에 편지지를 넣어놓았다. 그리고 다시 서이에게 가
까이 다가가 속삭였다.

"편지지 사서 책상 서랍에 사진들이랑 같이 넣어놨
어. 까먹으면 나한테 물어봐."

그리고 코끝이 서이의 머리칼을 스칠 정도로 고개를 숙였다가 일어났다. 거실로 나와 노트북을 켜고 아르바이트를 하기 위해 이것저것 검색해 보았다.

"뭐야, 뭐가 이리 복잡해."

자기 머리를 흐트러뜨리며 뒤로 넘어갔다.

"이래서 알바할 수 있냐고."

그는 마른세수하며 한숨을 내쉬었다. 태온이 생각한 것보다 현실은 차갑고 단단하기만 했다. 쉽게 뚫고 지나갈 그런 게 아니라. 어떻게라도 서이에게 도움이 되고 싶었다.

"그 돈을 언제 다 모으냐고."

답답함에 발을 동동 굴렀다. 솔직히 무서웠다. 서이가 있어서 그나마 버티고 있는 것 같은데. 우리가 이별한 후에는 혼자 이 세상을 마주할 자신이 없다.

"다시 돌아가야 하나."

한국에 혼자 남는 건 생각하기도 싫은 태온은 만약

혼자 남게 된다면 다시 하와이로 돌아갈 생각이다.

태온은 테이블에 엎드려 있다가 피곤했는지 금방 잠이 들었다. 서이는 뒤척이다가 조용한 공기 속에서 눈을 떴다. 천천히 일어나 태온을 불렀다. 몇 번이고 불렀지만, 태온의 귀까지 닿지 않았다. 결국 벽을 잡고 걸어 나왔다. 어두운 거실 한가운데에 켜진 노트북에서 빛이 강하게 빠져나오고 있었다.

"태온."

조금 크게 이름을 부르자 태온이 급하게 고개를 들었나. 무릎도 같이 들리는 바람에 무릎이 테이블에 부딪히며 옆에 있던 머그잔이 떨어져 굴렀다.

"괜찮아?"

서이가 부드러운 목소리로 물었다. 태온은 눈을 비비며 고개를 끄덕였다.

"언제 일어났어."

자다 깨서 잠긴 목소리로 물으며 머그잔을 주웠다.

"방금 일어났어, 뭐 하고 있었어?"

서이는 점점 흔들리는 다리에 힘을 주며 걸어갔다.
태온은 놀라며 서이의 팔을 잡고 지탱해 주었다.

"그냥 알바나 알아보려고."
"굳이 할 필요는 없어. 너 없는 동안에는 나 어떻게
하라고."
"그래서 내가 휠체어 전동으로 바꾸자고 했잖아.
너, 나 없으면 안 되잖아."
"내가 그거 필요 없다고 몇 번이나 말해."

서로의 말에는 딱딱함이 묻어 나왔다.

"그냥 바꾸라면 좀 바꾸면 안 되는 거야?"
"싫다고."
"왜 싫은데 대체."
"그건, 지금은 말하기 힘들어."
"그럼, 뭐 어떡하라고."

태온이 작게 한숨을 쉬었다. 그러면서 손이 내려가
서이의 손끝에 매달린 모습이 되었다. 손끝이 이상하
게 차가웠다. 딱딱하게 굳어서 차가워진 손끝이 유독

신경 쓰였다. 서이는 입을 꾹 닫았다. 더는 태온과 나눌 말이 없다는 듯 말이다.

"나 없으면 너 아무것도 못 하잖아. 심지어 그 작은 편지지도 내가 사 왔어."
"너야말로."

서이는 그다음 말을 망설였다. 과연 이 말을 뱉어서 좋을 게 있을까 싶었지만, 태온도 알아야지. 서로의 생각을.

"너야말로 나 없으면 어쩌려고."

태온은 마지막 말에 찡그렸다.

"내가 걱정되는 거는 너야. 너 혼자 남으면 잘 있을 수 있어? 아니잖아. 너 몰래 우는 거 내가 모를 줄 알았어?"

맞는 말이라서 태온은 뭐라 반박하지 못했다. 태온 역시 그 생각을 안 한 것은 아니니까. 과연 내가 혼자서도 다시 일어설 수 있을까에 대한 답은 항상 아니오였다.

"너는 잘할 수 있냐고 묻잖아, 지금. 내가 지금 이러는 데는 이유가 있을 거라고 생각은 안 해? 내가 불편할 거라고는 생각 안 하는 건가 싶어 가끔은. 제발 너도 생각해. 결국 남는 건 너뿐이야. 내가 아니라 너라고. 제발."

태온의 머릿속이 하얗게 변했다. 오히려 검은 어둠만이 있다면 불을 켜서 남은 날들을 예상하고 지켜볼 수는 있는데. 눈을 감으면 온 세상이 하얗다. 불을 켤 노력도 필요 없고 남은 날들이 보이지 않는다. 희망을 품을 수도 없는 상황. 눈물만이 허전한 눈앞을 채워주었다.

"왜 날 못 믿어."

그 말을 남기고 서이의 손을 놓았다. 옆에 대충 던져 놓은 후드 집업을 챙겨 현관을 나섰다. 서이는 다리에 통증이 오는 것도 잊고 그냥 그 자리에 서 있었다. 뒤 돌아볼 용기는 없었다. 무너져가는 이의 뒷모습이 너무나 아리다는 걸 최근에야 알았다. 서이는 다리에 힘이 풀려 주저앉아 노트북 화면을 보았다. 검색창에는 '전동 휠체어'라는 단어로 가득 차 있었다. 너무 늦기 전에는 자기 생각을 이야기해 주려고 준비하는 중인데 이대로라면 첫 글자도 입 밖으로 꺼내기 힘들 것 같다.

태온은 빠르게 계단을 내려가 밖으로 나왔다. 집 근처를 어슬렁거리다 제일 가까운 놀이터로 발길을 옮겼다. 운동화를 질질 끌며 그네 앞으로 걸어갔다. 아무도 없는 빈 그네 두 개는 쓸쓸하게 바람을 타고 있었다. 조용히 왼쪽 그네에 힘없이 앉았다. 사용하는 사람이 없는 낡은 놀이터는 그 어느 곳보다 고요했다. 태온의 귀에 들리는 것은 오직 녹슬어서 끽끽거리는 그네 소리밖에 없었다. 물론 언젠가는 서이도 눈치챌 거라고 생각하긴 했지만, 이렇게 자신의 뒤에서 놀래 울고 있는 거 다 알고 있다고 말할 줄은 예상하지 못했다. 서이가 왜 저렇게 자신에게는 각박한지 이해하기 힘들었다. 무엇보다 잠깐 스친 서이의 손끝 온도가 생각났다. 서이의 손이 저렇게 차가웠던가. 오늘따라 더 단호하고 딱딱한 서이가 밉기만 했다. 그냥 좀 편하게 해 주려고 하는 건데 뭐가 그렇게 불만인가. 불편한 게 뭐가 있다고, 다 내가 하고 싶어서 하는 건데. 마음이 무거웠다. 무거운 마음은 바닥으로 영영 가라앉을 텐데.

그냥 서이를 보는 게 힘들었다. 손으로 얼굴을 가리고 고개를 푹 숙였다. 내일이 오지 않기를 빌었다. 계속 서이의 얼굴을 보기도 이별을 실감하기도 싫었다.

"형."

한참 고개를 숙이고 있다 작고 또랑또랑한 목소리에 고개를 들었다. 아직 유치원을 다닐 것 같은 작은 키의 남자아이가 서 있었다.

"형, 옆에 자리 비었어?"

작은 손가락으로 태온의 옆자리를 가리켰다. 태온은 고개를 돌려 빈 그네를 바라보았다. 그리고 작게 끄덕였다. 아이는 웃으며 옆에 앉았다. 아이는 가방에서 꾸물거리더니 다채로운 색의 색종이를 꺼냈고 고이 접기 시작했다. 멍하니 그 모습을 보던 태온이 먼저 입을 열었다.

"이름이 뭐야."
"이름? 굳이 그런 게 필요한가?"
"그렇구나. 여기 살아?"

"근데 그런 것보다. 형은? 형은 뭐 해?"

아이는 대화를 이어 나가면서도 눈을 한 번 안 마주 치고 종이만 접었다. 태온은 마른침을 삼켰다.

"나는 종이학을 접는 중이야."

아이는 태온이 물어보지 않은 것에는 알아서 잘 대 답했다. 꼼지락대던 손은 어느새 작은 종이학을 접었 다. 잘 접은 것 같은데도 자세히 보면 엉망으로 꾸겨져 있었다.

"접는 거 어려울 텐데."
"아니야, 형. 이거 쉬워."

아이의 당당한 태도에 헛웃음이 나왔다. 누군가 와 서 그런지 눈가의 눈물이 금방 말라버렸다.

"형, 그거 혹시 알고 있어? 종이학을 접어서 다른 사 람한테 주면, 종이학이 그 사람 아픔이랑 걱정을 다 가져간다고 할머니가 알려주셨어. 봐, 학은 이 날개 가 있어서 그런 거야, 형."

태온은 턱을 괴고 아이가 조잘조잘 떠드는 걸 묵묵

히 들어주었다. 아이는 굳이 태온에게 자기가 접은 종이학의 날개를 접었다 폈다 보여주었다. 아, 그러네. 태온은 고개를 열심히 끄덕여주었다. 아이는 태온의 반응이 마음에 안 드는지 눈썹을 찡그리며 더 세게 학의 날개를 접었다 폈다. 태온은 어색하게 웃기만 했다.

"형도 접어봐."

그러면서 색종이 한 장을 건네주었다.

"근데 접는 법은 알고 있어?"

태온은 고개를 저으며 손으로 종이를 들어 올렸다.

"그것도 모르는데 형인 거야?"

아이는 한숨을 쉬며 색종이를 하나 들고 태온의 옆에 섰다.

"일단 이렇게 접어야 해. 알겠어 형아?"

아이는 종이를 반으로 두 번 접어 삼각형을 접었다. 태온은 유심히 보더니 따라 접었다. 아이는 먼저 접고 태온이 잘 따라오고 있는지 중간중간에 곁눈질로 바라보았다.

"그리고 이렇게 접어 봐."

아이는 작은 손으로 종이를 꼭꼭 접었다. 근데 또 반듯하지는 않아서 모서리가 튀어나와 있었다.

"안 반듯하잖아."

태온이 아이의 학을 가져가 다시 반듯하게 접어서 돌려주었다.

"형, 반듯한가는 중요하지 않아. 과정이 중요해."

이상하게도 그렇게 조언해 주는 아이가 자신보다 훨씬 성숙해 보였다.

"안 반듯해도, 받는 사람이 좋으면 된 거야."

그러면서 태온이 접어준 학을 주머니에 넣고 다른 걸 접기 시작했다. 여전히 삐져나와 있었다.

"반듯하면 더 좋아하지 않나."

태온이 마저 아이가 알려준 방법대로 완성했다.

“그렇지 않아, 형.”

태온이 하나를 겨우 접을 동안 아이는 세 개의 종이학을 접었다. 금방 하나를 또 완성하는 아이는 가방에서 종이를 한 장 꺼내 접는다.

“근데 너는 이게 진짜 다른 사람 아픔, 걱정 다 가져간다는 걸 어떻게 아는 거야.”

작은 종이학이 태온의 큰 손바닥 안에서 굴렀다.

“그냥 그러길 믿는 거야.”

아이는 자기가 접은 종이학 하나를 태온의 무릎 위에 살포시 올려놓았다.

“이건 선물이야.”

그러더니 놀이터를 떠났다.

“믿는 거야.”

아이의 마지막 말을 곱씹었다. 정말 이걸 누군가에게 주면, 그 사람의 아픔, 걱정 다 가져간다는 말을 계속 생각하고 또 하기를 반복했다. 태온도 그러길 바라며 종이학 두 마리를 살포시 잡았다. 해는 어느새 전부 저물어 어둠이 하늘에 칠해졌다. 종이로 만들어진 학인데도 손안에서 금세 날개를 펄럭이며 날아갈 것 같았다. 유독 아이가 접은 찌그러진 종이학이 따뜻했다. 아이랑 종이학을 접다 보니 머리가 가벼워졌다.

"귀엽네."

멍하니 종이학을 바라보았다. 서이의 아픔과 걱정이 모두 날아가려면 총 몇 마리의 학이 필요할지 잠시 생각했다. 정말 그럴 수만 있다면 태온은 수억 마리라도 접을 수 있을 것 같았다. 저 아이도 분명 누군가에게 주기 위해 접고 있을 텐네, 자신에게 줘도 괜찮은 걸까. 이 진심 하나하나가 모여서 희망이 되는 것일 텐데. 물론 태온도 완전히 그 이야기를 믿지는 않지만 접어도 나쁠 건 없다고 생각했다. 뭐라도 붙잡고 싶은 마음에 아이의 종이학이 보였다. 태온도 잠시 작은 종이의 힘을 믿어보기로 했다. 바보 같아도, 그냥 잠시만.

뒤늦게 눈치를 보며 신발을 벗고 들어왔다. 여전히 집은 어두웠다. 분명 어딘가에 서이가 있을 텐데 집에 혼자 있는 느낌이다. 서이의 방문을 살짝 열어 안을 살폈다. 작은 조명 하나가 서이의 잠든 얼굴을 밝혀주었다. 천천히 침대로 걸어가 서이의 머리맡에 종이학 2개를 두었다. 한참 구겨져 날개의 힘이 빠져 보이는 학의 날개는 은연중에 눈 안에 든 서이의 떨리는 모습 같았다. 힘없이 바닥에 앉아 자는 서이에게 속삭였다.

"이게 힘듦을 다 안고 날아가 버린다고 하네. 네 아픔 다 날아가면 그때 우리 인사하고 멀어지자."

과연 태온은 손을 흔들 수 있을까. 여전히 서로가 없는 세상이 그려지지 않는다. 서로 모르는 채로 살았어도 상관없었는데 이상하게 그 찰나의 순간 때문에 모든 게 엉켜버렸다.

"이 학이 말이야. 너를 구원할지도 몰라. 어쩌면 나까지도."

얇은 종이 한 장에 기대어 버텨야 한다는 사실이 씁쓸했다. 뭐라도 믿고 싶고 잡고 싶고 끌려다니고 싶은 기분. 손가락 끝으로 서이의 머리칼을 하나씩 쓸어내렸다. 서이의 얼굴이 흐려져 갔다. 그래서 더 오래 보았다.

"너무 가혹하다. 우리 더 행복할 수 있을 텐데 항상 제자리걸음이야. 어쩌면 좋아."

이게 다 무슨 소용이야. 그래봐야 언젠가는 무너져 버릴 것을 겨우 붙잡고 숨을 참고 시간이 멈추길 기다리는 것뿐인데, 이 모든 아픔 감당하고 나중에는 정말 괜찮아지기는 하는 걸까. 우리는 시간이 없어. 왜 그렇게 예쁘게 자고 있어. 우리를 뭐라고 부르면 좋을까.

사랑은 아닌데 마땅히 표현할 단어가 사랑밖에 없는 관계. 감히 내가 담을 수 없는 빛.

"너는 왜 이렇게 평온해. 더 이상 날 보지 못하는 데도 아무렇지 않다는 거야."

서이 혼자 미련 없이 손을 흔들고 떠나기라도 할까 태온은 항상 불안했다. 혹시 매번 매달리기만 하는 자신이 서이가 귀찮을까 봐 매일 주춤거렸다.

"형 진짜 미운 거 알아?"

그 말을 하고는 방을 나왔다. 밤은 깊어져 가는데 딱히 잠이 오지 않았다. 아이에게 받은 색종이들을 늘어놓고 하나씩 집어서 종이학을 접었다. 초침이 일정한 간격으로 나아갔다. 조금씩, 그리고 반듯하게 종이가 접혀갔다. 펄럭이다가 얇아지기도 했다. 정말 얇고 연약한 종이는 모두를 닮았다. 언제 구겨질지 모르고 언제 찢어질지 몰랐다. 근데 또 살을 파고들어 아프게 하기도 했다. 형용할 수 없는 붉은 피가 번져가는 걸 보고 싶은 밤이다. 하지만 두 눈 뜨고 바라보지는 못하겠지. 조용히 마른침을 삼키며 종이를 계속 접었다. 어느새 두 날개가 펼쳐진 종이학은 공중으로 날아갔다. 무언가 간절한 마음으로 종이학의 심장에 끄적이기도 했다. 접는다. 숨이 붙는다. 또다시 접힌다. 숨이 멈춘다. 반복한다.

마지막 한 장을 다 접고 나서 학들을 바라보았다. 그러더니 태온은 한가득 집어 공중으로 뿌렸다. 힘없이 그 끝이 무겁게 추락했다. 서이의 아픔, 걱정은 유독 더 무거울 텐데 가득 안고 날기나 하는 건가.

"많이 접으면 많이 가져가겠지."

혼자 고개를 끄덕이다가 학을 하나하나 집었다. 하늘이 어두워지는 순간마다 중력이 커져 수중으로 가라앉는 기분이었다. 종이학은 축축해져 힘을 잃어가

겠지. 미친 사람처럼 종이학을 공중에 뿌리고 줍기를
반복했다. 더 오래 날아가라고 알려주는 것처럼. 종이
학을 높이 던지는 손끝엔 작은 불꽃이 튀는 것 같기도
했다. 한 마리라도 더 많이 슬픔, 고통 가져가라고 더
힘을 주어 날려 보냈다.

"너희라도 잘 날아가서 서이 배웅이라도 해줘야지."

나는 못 가니까. 태온 혼자 중얼거렸다. 자신도 어떤
마음으로 그런 말들을 내뱉었을까.

"서이는 행복해야 하잖아."

그 누가 아니라고 할 수 있을까. 서이는 진심으로 행
복해야만 한다. 안 그러면 태온 자신이 너무 비참해질
것 같다. 거실 바닥에 누워서 천장을 바라보았다. 무너
질 것 같은 공기가 머리를 짓눌렀다. 사실 태온은 서이
의 마지막 모습을 자주 생각했다. 익숙해지려고 했던
것들인데, 나중에는 그냥 미련만 남게 되었다. 누군가
를 영원히 잃는다는 것은 참 고통스럽다. 무뎌지는 것
뿐이지 잊히지는 않는다. 두 번째로 마주하는 이별이
이렇게나 가까이 다가올 줄은 꿈에도 몰랐다. 첫 번째

이별을 잊는 데 아주 오랜 시간이 필요했다. 아직도 고통스럽기는 마찬가지인데, 서이와의 이별은 또 얼마나 고통스럽고 무뎌지는 데 얼마나 오랜 시간이 필요할까. 어쩌면 그 긴 시간이 끝나지 않을지도 모른다.

어쩌면 지금도 서이는 침대 위에서 죽음과 같이 자고 있을지도. 언제 서이가 사라질지 모른다. 사실 서이는 죽는다는 게 무서운 게 아니라 자신의 세상을 더 이상 자신만의 방법으로 담거나 느끼지 못한다는 사실에 두려움을 느꼈다. 그래서 그렇게 항상 덤덤한 것일지도 모른다. 신기하다. 죽음이 두렵지 않은 사람이 있구나.

태온은 이런저런 생각을 하다가 새벽이 창가에 흘러내릴 때쯤 잠에 들었다.

"한태온."

서이가 부르는 소리에 급하게 일어나 방문을 열었다. 서이는 자신의 침대에 마구 뿌려져 있는 종이학들을 바라보았다. 그제야 태온은 어제 자기 전에 자신이 종이학들을 전부 서이에게 뿌리고 잠에 들었다는 걸 깨달았다. 태온은 어색하게 웃으며 말했다.

"미안, 내가 치워줄게."

그리고 종이학을 줍기 시작했다.

"이런 건 또 언제 접었어. 종이학이네."
"맞아."
"이런 것도 접을 줄 알았어?"

의아한 듯한 표정으로 태온을 바라보았다.

"어제 만난 애가 알려줘서."

태온은 종이학들을 꼼지락거리며 말했다.

"이게 뭐냐, 아픔이랑 걱정 다 가져가 준다고 해서."

서이는 태온을 빤히 바라보다 한참을 웃었다. 그런
서이를 태온은 한참을 바라보았다.

"그런 이야기도 믿는 줄 몰랐어. 천 마리 접으면 소
원이 이루어진다는 건 알았는데."

아이처럼 해맑게 웃는 서이의 웃음은 듣기에도 보기
에도 좋았다.

"너 아프지 말라고 접었다, 왜."

"그냥 신기해서."

"……"

"너는 이런 거 모를 줄 알았어. 잘 접었네."

"형이 안 아파지려면 몇 마리를 접어야 할까?"

"천 마리로는 부족할 텐데."

장난스럽게 받아주는 서이의 모습에 태온은 긴장이 풀렸다. 어제 싸운 것 때문에 오늘 아침 얼굴을 어떻게 봐야 하나 싶었는데. 서이는 다 잊은 것 같다. 종이학 덕분인 것 같다.

"몇 마리든 내가 접어줄게."

태온이 옆에 앉으며 말했다. 서이는 계속해서 웃기만 했다.

"몇 마리든 접어서 안 아프고 안 힘들게 해줄게."

서이는 어깨를 잡고 웃으며 말했다.

"봐. 나 웃고 있지? 내가 지금도 얼마나 행복한데. 나는 있잖아. 다 필요 없어."

서이의 말에 태온은 입을 꾹 닫았다.

"나는 있지, 그래, 너랑 네 웃음만 있으면 돼."

웃음이라. 정말이지 내 웃음이면 네 아픔 다 잊을 수 있다는 거야? 계속되는 물음에는 끄덕임만이 돌아올 뿐이었다. 내 이 작은 웃음이 뭐라고 너는 그렇게 좋아하는 거지. 내 웃음의 부피로는 턱없이 부족할 텐데. 너를 안전하게 막아줄 수 없는데.

"근데, 불안하면 학 접어. 넘치도록 접어. 그렇게 못 믿겠으면."

서이가 웃으면서 말했다. 태온은 그서 묵묵히 서이를 바라보았다. 괜찮다며 저런 표정을 지어 보이는 것도 태온에게는 그냥 더 깨질 것 같은 유리 파편으로 보였다. 이런, 너무 불안해서 쉬지 않고 종이학을 접어야겠네.

한동안 침묵을 유지하던 태온이 입을 열었다. 입술 끝이 떨렸다.

"그냥 아프지만 마. 후회하지도 말고, 울지도 말고."

분명 서이에게 날아간 단어들인데도 자신에게 해당하는 말 같았다.

"알겠어. 아프지도 않고, 후회하지도 않고. 울지도 않을 거야."

이 세상에 아프지도 않고 후회되지도 않고 무엇보다 눈물 없는 이별이 존재하기나 할까. 점점 금이 가는 너에게 나는 안녕을 고할 수 있는가. 울지 않을 수 있는가.

어쩜 이리 반짝일까. 다른 이들도 알고 있을까? 이 둘은 곧 이별하게 된다는 것을. 끝을 아는 이야기가 더 슬프기만 한 서로이기에 서로가 슬프지 않길 빈다. 그 마음을 담아서 태온은 학을 날려 보낸다.

"다신 보지 말자, 이별아."

◎

오랜 시간이 지났다. 안 보이는 나날들에도 태온의

일상엔 늘 종이학이 따라다녔다. 종이학의 날갯짓은 항상 서이에게 닿았다. 매일매일 접어서 그런가. 고통과 아픔, 그리고 수많은 감정이 파닥이며 날아가는 소리가 들리지 않았다. 그냥 수많은 낮잠을 자던 얼굴과 같았다. 그래도 역시 숨이 막히는 고통에 눈가가 붉어지기도 했다. 한 번이라도 발버둥 쳤으면 좋았을 서이의 다리는 그대로 멈춰 있었다. 서이가 서서히 숨이 멎는 동안 태온은 눈을 꼭 감고 손을 잡았다. 하필 잡은 손의 새끼손가락이 떨려왔다. 숨이 가빠지는 속도와 살려달라는 듯이 움직이는 새끼손가락의 속도는 같았다. 그러다 힘이 빠져 움직이지 않게 되자 그제야 태온은 서이를 안아주었다. 실은 태온은 살 기억니지 않는다. 어쩌면 기억하기 싫어서 모르는 척하는 걸 수도 있다. 이번에는 누군가의 죽음을 바로 옆에서 기다렸다. 뻣뻣하게 펴진 서이의 손가락을 하나하나 구부려보았다. 참던 눈물이 쏟아져 나왔다. 이렇게 잘 움직이기도 하는데. 서이의 죽음 앞에 덤덤하게 있던 자신이 미웠다. 뭐라도 더 말해주고 괜찮다고 해줄걸. 울면서 서이에게 많은 말들을 했다. 어린아이처럼 서럽게 울기만 했다. 그렇게 울었던 적은 없었는데.

“학이 네 아픔 다 가져갔니, 지금은 어디쯤이니 그리고 지금은 안 아프니.”

여러 질문을 했다. 금방이라도 눈을 떠서 자신을 바라봐 줄 것 같은 서이의 얼굴 때문에 더 눈물이 차올랐다. 한참을 눈물로 지새웠다. 많이 울었다. 정말 이렇게 울 수 있나 싶을 정도로. 병원에서 받은 사망진단서를 보았을 땐 말로 다할 수 없는 감정들이 올라왔다. 서이가 죽고 처음으로 서이의 가족들도 보았다.

“……”

태온을 본 서이의 부모님은 아무 말도 하시지 않았다. 두 사람 모두 아무 일 없는 얼굴처럼 지냈다. 조문객도 많이 없었는데 쳐다도 안 보고 무시하거나 그냥 빈소를 나가버렸다. 그래서 태온은 자신을 챙기기도 바쁜데 서이의 빈소를 지켰다. 처음 본 사람들은 서이의 빈소를 왔다 갔다 했다. 그래도 자신 말고 누군가는 서이의 죽음을 추모해 줘서 다행이라는 생각을 많이 했다. 두 번째 날에는 서이의 여동생으로 보이는 사람이 왔다. 영정사진이 뚫어져라 바라보더니 그냥 갔다. 서이의 가족들이 보기 싫었다. 서이가 죽었는데 아무렇지도 않아 하고 책임감 없어 보이는 작은 행동들이 태온을 비참하게 했다. 서이의 빈소 앞에 멍하니 앉아 있었다. 급하게 준비한 사진은 흔들린 서이가 담긴 사진이다. 해변을 등지고 서 있는 서이는 반짝였다. 제일 좋아하는 사진이었다. 근데 또 흐려서 얼굴이 선명하지 않았다.

"예쁘다, 서이야."

태온이 중얼거렸다.

"너는 어디에 있어? 바다에 갔니? 걸어서 갔으면 좋겠다. 몇 명이시민 그래도 드문드문 너를 위해 슬퍼해 줄 사람들이 오고 있어. 떠날 때 아프지는 않았니? 학을 더 접어줄걸 그랬나 봐."

혼자 있는 빈소는 너무나 조용했다.

"나는 말이야. 사실 형 없으면 난 뭐부터 시작해야 할지 막막하기만 했어. 그냥 형 생각만 났어. 그래서 막… 휠체어도 좋은 거 사주고 그러고 싶었는데. 내가 너무 못 해준 것 같아 미안하네."

참고 참던 눈물은 커다란 파도가 되어서 태온을 빠

르게 덮쳤다. 하염없이 반짝이던 별은 반짝이고 눈부신 만큼 추락할 때도 큰 파장을 일으켰다. 밝기만 하던 별이 눈 깜빡할 사이에 추락하자 눈은 점점 멀어져 갔다. 앞이 보이지 않았다. 눈이 부셔 눈이 먼 게 아니라, 지고 난 후의 어둠이 너무 막막해서 눈이 멀어버렸다. 반짝이는 너 아니면 내 세상을 바라볼 이유가 없었기에 그만 눈이 멀어버렸다. 네가 없는 눈먼 세상은 정말이지 완벽한 검정이었다. 빛 하나 들지 않는. 그저 이따금 눈물의 파도 소리가 들려왔다. 세상이 축축해지면 그제야 실감이 났다. 네가 빛나지 않을 이유는 없었는데. 너무나 일찍 빛을 잃은 가엾은 별을 애타게 찾았다.

빈소에 쓰러지다시피 울었다. 아무도 없는 빈소는 태온의 울음소리도 가득 채워졌다.

조금 진정이 되자 빈소 밖에 앉았다. 멀리서 한 사람이 기웃거리더니 서이의 빈소 쪽으로 걸어갔다. 태온은 정신을 차리고 일어났다.

"여기 서이씨 빈소 맞죠?"

태온은 남자의 물음에 고개를 끄덕였다. 남자는 미

소를 지어 보이더니 빈소에 들어가 향을 피우기 시작
했다. 뿌연 연기가 흔들린 사진 속 서이의 얼굴과 잘
어우러졌다. 절을 두 번 한 다음에는 한참을 서 있었
다. 태온은 남자의 뒷모습을 바라보았다. 태온은 궁금
함을 참지 못하고 침묵하는 남자의 뒷모습에 질문을
던졌다.

"실례지만 서이랑은 어떤 관계 시죠?"

조금 경계하는 목소리가 되었다.

"아, 죄송해요. 저는 클릭 전시회 때 같이 일했던 사
람입니다."
"그렇군요."

남자는 서이의 사진을 한참 바라보았다. 서글서글해
보이는 남자는 키가 태온과 비슷했다. 순해 보이는 인
상이 태온의 긴장을 줄여주었다.

"저 사진 그쪽이 찍은 거 맞죠?"

태온도 서이의 영정 사진을 바라보았다. 오아후섬에
서 처음 만나 찍어준 사진이었다.

"네. 맞습니다."

"서이씨가 그쪽 이야기 많이 해줬어요. 좋은 사람이
라고."

"……"

"상주시네요."

서이의 가족들이 장례식에는 전혀 신경을 쓰지 않는
탓에 어쩔 수 없이 대신 상주를 맡은 거였다. 태온은
어색하게 웃으며 고개를 끄덕였다. 남자는 그제야 주
변을 살피더니 서이의 가족들이 없다는 걸 알아차리
고 작은 탄식을 내뱉었다.

"어떻게 위로를 건네야 하는 건지는 모르겠는데,"

남자는 한 손으로 태온의 어깨를 쓸어내렸다.

"서이는 행복했을 겁니다. 그쪽을 만나서요. 이건
제 명함인데 힘들면 연락 줘요."

그러고는 지갑에서 작은 명함 하나를 꺼내 태온에게
건넸다. 태온은 멍하니 명함을 받았다.

"아닙니다. 이렇게 찾아와 주셔서 감사해요."

고개를 돌려 서이의 사진을 보며 말했다. 남자도 미소 지으며 같이 사진을 바라보았다.

“밥 드시고 가시겠어요?”

태온이 작게 물었다.

“아니요, 그냥 서이씨 조금 더 보다가 갈게요. 내일이 더 힘드실 텐데 쉬면서 하세요.”

그러더니 서이의 사진 앞에 남자는 눈을 천천히 감았다 떴다 했다. 30분 정도 더 있다가 남자는 태온에게 작게 인사를 하고 조용히 장례식장을 나갔다. 남자 이후로 찾아오는 사람은 없었다.

다음 날 아침이 되어서야 서이의 가족들이 빈소를 다시 찾았다. 태온은 조금 지쳐 보이는 얼굴로 서이의 가족들을 바라보았다. 발인이 시작되고 조금 지나서야 장례 행렬이 시작되었다. 태온이 앞에서 서이의 사진을 잡고 걸어갔다. 손끝에 몰리는 사진의 무게가 신경 쓰였다. 가족들은 관을 들고 뒤따라왔다. 태온은 입술을 꽉 깨물었다. 울지 않기 위해서.

무거운 발걸음을 이끌고 화장터에 도착했다. 가족

대기실에서 서이의 가족들과 마주 보고 앉아 한참을 멍한 상태로 기다렸다.

"이름이 뭔가요 물어보지도 않았네요."

서이의 아버지가 주춤거리며 물었다.

"한태온입니다."
"……"

솔직히 같은 공간에 있는 게 불편한 태온은 눈썹을 꿈틀거렸다. 왜 서이가 그의 가족들과 자연스럽게 멀어졌는지 너무 잘 알 것 같았다. 서이의 가족들도 태온의 표정을 보고 더는 아무 말도 꺼내지 않았다.

"고마워요."

방의 구석에 앉아 있던 서이의 여동생이 말을 꺼냈다. 자연스럽게 그녀에게 눈길이 갔다.

"솔직히 걱정되었어요. 저희는 글쎄요 보시다시피 별로 오빠 신경 쓰지 않는 거 아시잖아요. 다행히 옆에서 잘 챙겨주셨나 보네요."

덤덤한 표정으로 태온을 바라보았다.

“당신들은 서이 앞에서 무엇도 말할 자격 없어요.”

태온은 그 말을 남기고 그곳을 나왔다.

아직 화장이 끝나려면 멀었기에 로비로 걸어 나왔다. 손끝이 허전했다. 원래라면 혹시 몰라 어딜 가든 작은 카메라를 챙겨 다녔는데 이번에는 그러지 않았다. 카메라를 보면 서이가 너무 보고 싶을 것 같아서. 그래서 가져오지 않았다. 불안한 마음을 달랠 색종이도 없었다. 접어서 줄 서이도 없었다. 답답하기만 한 태온이다. 로비에 한참을 서 있으니 종종 사람들이 지나갔다. 다들 하나같이 무언가를 깊게 잃은 표정을 하고 있었다. 공허함이 갈비뼈 사이사이를 지나갔다. 눈을 질끈 감고 생각을 정리하던 때 서이의 여동생 목소리가 들렸다.

“화장 끝났대요.”

태온은 작게 고개를 끄덕이며 그녀를 따라갔다. 서이의 가족들은 유골함에 담긴 서이를 품에 안고 있었다. 무언가에 홀린 듯이 태온은 한 걸음씩 움직였다.

서이의 어머니는 유골함을 태온의 품에 안겨주었다. 손에 닿는 아직 따뜻한 온기가 손끝을 타고 올라갔다. 자신도 모르게 품에 꼭 안았다. 상복에 깊이 밴 향냄새가 태온을 달래주었다. 자기 눈과 표정도 아까 로비에서 본 사람들의 얼굴과 비슷할까. 어쩌면 그보다 더 비참해 보일까? 생기 없이 텅 빈 눈으로 서이의 유골함을 보았다. 아기를 다루듯이 한 손으로 토닥여주었다. 얼굴을 기대어 보기도 했다. 아직 따뜻하다.

그런 모습을 서이의 가족들이 무표정으로 지켜보았다. 눈물이 차올라 눈앞이 흐려졌다. 눈을 감으니 그대로 눈물이 흘러 유골함 뚜껑에 떨어졌다. 그 소리가 크게 들리는 것 같았다.

그렇게 봉안당에 서이의 유골함을 두고 장례식을 마쳤다.

"무슨 생각이었는데요?"
"……"

의자에 앉아 이마를 짚고 있던 태온에게 서이의 어머니가 말을 걸었다.

"우리도 챙기기 귀찮아서 그냥 방치하고 돈만 보내주던 애를 왜."

"왜냐고요?"

태온은 순간 할 말을 잃었다. 아까도 경고했었다. 그들은 가족이라는 자격도 없고 더군다나 서이의 이름이 그들의 입에서 나올 자격도 없었다. 근데 뭐? 챙기기 귀찮아서 방치한 애 챙겨줘서 고맙다고 하는 건가.

"내가 아까 말하지 않았나요. 서이 앞에서 그런 말할 자격 없다고."

"뭔데 그럼? 뭐 우리한테 돈 뜯어먹으려고?"

태온은 점점 이성을 유지하기 어려웠다. 그냥 같은 공간에 있는데 불쾌하기만 했다.

"금방 죽을 애 도와줘서 할 수 있는 게 내가 이렇게 했으니까, 유가족들한테 돈 뜯어먹으려고 하는 속셈밖에 더 있나? 우린 그럴 생각 없어."

찡그리면서 서이의 어머니가 말했다. 서이를 생각하는 마음이 단 하나도 보이지 않는 말들에 태온은 제대로 서 있기조차 힘들었다.

"당신들은 가족도 아니니까 그냥 서이 가만히 내버
려둬요."

그 말을 뒤로하고 태온은 빠르게 그 자리에서 벗어
났다. 그저 서이가 보고 싶기만 했다. 집에 도착한 태
온은 힘없이 바닥에 누웠다. 서이의 방에 들어갈 용기
가 안 났다.

"정리해야 하는데."

태온이 눈가를 쓸어내렸다. 온 중력이 몸 위에 올라
짓누르는 느낌이었다.

서이와의 모든 시간이 너무 빠르게 지나가 버린 것
같았다. 다시 그 시간을 움켜잡을 수 있을까. 혹시나
서이와의 시간이 잊힐 때마다 빛이 사라지는 사진처
럼 뭉개질까 두렵기도 했다. 잊고 싶지 않고 잊으면 안
되는 그런 시간이 너무 많았기에. 책상 위에는 여전히
서로의 색을 빛내는 색종이가 흩어져 있었고 작은 종
이학 몇 마리가 있었다. 저 종이학이 지금 당장 자신을
서이의 옆으로 데려가 주었으면 하는 마음이었다.

"서이야, 박서이."

눈을 감고 서이의 이름을 낮은 목소리로 불렀다.

"거기에도 바다 있어? 좋아하잖아, 바다."
"어쩌면 아직도 숨 막히는 고통에, 수중에 빠진 기
분이 드니."

지금 내가 그런 기분이야.

바다에 빠지면 어떤 느낌이려나. 서핑할 때면 곧잘
해내던 태온이었기에 바다에 빠져 물을 한가득 먹어
본 적이 없었다. 차가운 바닷물이 목을 타고 내려와 폐
에 무겁게 내려앉는 것은. 난파선이 된다는 기분이 뭔
지 잘 안 것 같다. 파도의 맥박은 너의 숨결과도 같아
서 계속 물을 머금고 싶었다. 그렇게 익사하는 거지.
귀가 먹먹해진다. 백사장에서 만난 너의 그림자는 너
무나 가벼웠다. 조금만 손에 쥐면 흩어지는 힘없는 그
림자. 그게 유독 눈길을 끌었다. 잡아보고 싶은 마음
에. 그렇다고 흩어지진 말아 줘. 같이 있고 싶었단 말
이야. 그저 끌려다니다 익사하고 싶었던 것뿐. 이렇게
빨리 심해로 빨려 들어갈지는 몰랐다. 너만의 수조 안
에서 편하게 수분을 들이마시는 네 얼굴이 편안해 보
여서 아무것도 하지 않았다. 푸르게 익어가는 네 얼굴

이 내 인생 마지막 색이었으면 좋겠다는 바보 같은 생각을 했었어. 그런 너의 얼굴이 보고 싶어.

"너는 더 빛나야 했어. 누가 뭐라 하든지 말이야."

이런저런 생각을 하다 차가워진 바닥에서 몸을 일으켰다. 계속 서이의 방문이 거슬렸다. 거칠게 머리를 손으로 털며 방문의 문고리를 잡았다. 작게 숨을 내쉬고 돌렸다. 조심히 방문을 열자, 서이가 없는 텅 빈 방이 어색하게 느껴졌다. 조명을 켜고 침대에 걸터앉았다. 서이가 누워 있던 자리는 차갑게 식어 있었다. 손바닥으로 침대를 문질렀다. 걱정과는 다르게 오히려 차분해졌다. 잘 견디고 있는 거겠지.

태온은 서이가 좋아했던 노래를 작게 흥얼거렸다. 그러다가 침대 옆에 있는 책상 서랍을 열어보았다. 서이의 낡은 카메라를 찾기 위해서였다. 하나둘씩 열어보다가 마지막 칸을 열자, 얼굴이 굳어갔다. 자신이 사왔던 편지지에 삐뚤거리는 글씨로 이름이 적혀 있었다. 굳은 표정으로 편지를 들어 올렸다. 이리저리 휘청이는 글씨는 태온의 이름이 적혀 있었다. 태온은 고개를 저으며 아닐 거라고 하는 마음으로 편지를 열었다.

고이 접은 편지지에는 삐뚤빼뚤한 글씨가 꽉 채워져
있었다. 아마 서이의 글씨겠지. 잘 움직이지도 않는 손
으로 이렇게 긴 글을 썼을 서이를 생각하니 마음이 저
렸다. 눈을 감고 3초를 센 후 눈을 떠 편지를 읽어보았
다.

태온에게.

태온아, 안녕. 나 서이야. 부정하고 싶겠지만
이거 유언이야. 언제 네가 발견할지 모르겠지만,
내가 어떤 마음으로 이 편지를 쓰는지 알아줬으면 해.
네가 받으면 조금이라도 기쁘라고 네가 좋아하는 걸로
사 와달라고 했어. 바다가 그려져 있더라.
네가 이별하는 게 많이 무서워하는 것처럼 보였어.
그래서 무서워하지 말라고 적는 거야.
네가 잘 지내는지는 모르겠지만,
아마 내가 죽은 후에 네가 발견할 텐데.
나는 괜찮다고 이야기해 주고 싶어.
내가 왜 휠체어 안 산다고 했는지 궁금하겠지!?
그거 네가 나 때문에 고생하는 것도 싫고
나는 곧 떠날 사람인데 이제서야 막 무언가를,
나를 위해 산다는 게 의미 없어 보였어.
그래서 괜찮다고 했어. 내가 가진 돈이 적어도

이거 전부 다 소아암 환자들에게 기부해 줘.
마지막으로 하는 부탁이야. 그것 때문에 그런 거야.
이해해 줬으면 좋겠어.
너는 지금 어떤 표정과 마음으로 이 편지를 읽고 있니?
내가 말했지만 나는 네가 웃어주는 게
제일 좋아. 그 어떤 것보다 좋으니까,
울고 나서 일어설 수 있을 때 바다를 보고
웃어줘. 바다에서 기다릴 테니까.
내가 안아줄 테니까.
나 없다고 너무 슬퍼하지 말고,
밥도 잘 먹고. 네가 좋아하는 서핑도
자유롭게 하고 사진도 많이 찍고.
잘 지내야 해.

태온은 입을 틀어막고 눈물을 흘려보냈다. 왜 이제야 이런 사실들을 알았을까. 너무 덤덤하게 적어 놓은 말들이 태온을 아프게 했다. 너무 가슴이 아려왔다. 숨도 제대로 못 쉬고 울었다. 너를 위해 골랐던 바다가 그려진 편지지가 나에겐 거대한 파도가 되어 돌아왔다. 온몸이 떨릴 정도로 그 파도의 무게는 무거웠다. 끝없이 깊은 바다처럼 눈에서 눈물이 흘러나왔다. 이러면 네가 더 보고 싶어지잖아. 당장이라도 자신의 머리를 쓰다듬는 것 같은 서이의 유언은 파르르 떨려왔다. 바로 너를 보지 못한다면 죽을 것 같은 이 기분 때문에 무릎을 벅벅 긁었다.

무너지는 기분이란 이런 것이로구나. 금이 간 유리는 쉽게 무너지지 않다가 순간 생긴 작은 균열로 인해 처참하게 무너진다. 너무 갑작스러운 균열은 마음의 준비가 안 된 상태로 받아들였다. 그렇기 때문에 정신을 제대로 차릴 수도 없었다. 죽겠구나 싶을 정도로 울었다. 중심도 못 잡고 방 안을 걸어 다니며 종이학을 찾아 손에 쥐고 힘을 주었다. 연약한 종이학은 너무나 쉽게 구겨졌다. 그래, 다 바보 같은 짓이지.

"나도 데려가지 그랬어."

그럼 나도 너랑 바다에 있을 텐데.

일주일 정도 밥도 제대로 못 먹고 서이의 방에만 틀어박혀 있었다. 너무 회피하기만 했는지. 듣기 지겨울 정도로 울며 밤을 지새웠다. 그렇게 하면 마치 서이가 돌아온다는 것처럼. 하지만 그런 일은 일어날 수는 없었다. 혼자서 버티기에는 무너지는 날이 많았다.

답답한 마음을 안고 오랜만에 놀이터로 걸어갔다. 멀리서 바라본 놀이터는 언제나 그랬듯이 조용했다. 약간의 훌쩍이는 소리를 빼면 말이다. 태온은 조심스럽게 놀이터로 걸어갔다. 놀이터에는 종이학을 접으며 놀았던 남자아이가 있었다. 바닥에 알록달록한 종이들이 사방에 있었고 구겨진 종이들도 있었다. 아이는 계속해서 훌쩍였다. 태온은 피곤한 눈을 꼭 감고 아이에게 다가갔다.

“여기서 뭐 해.”
“……”

아이는 익숙한 목소리에 빠르게 뒤를 돌았다. 눈가는 붉었고, 눈물과 콧물 범벅이었다. 아이의 눈은 눈물로 반짝였다. 태온은 아무 말 없이 아이의 옆에 앉았다. 아이는 숨을 몰아쉬며 그 모습을 바라보았다.

“안녕, 형.”

기운이 없는 목소리였다. 태온은 발그레한 아이의 볼을 손가락으로 문질렀다.

“왜 혼자 울고 있어.”

하도 울었던 탓에 둘 다 목이 잠겨 있었다.

“형은 알고 있었어? 전부 다 거짓말이었던 거. 그런

데도 말 안 해준 거야?”

눈물 때문에 축축해진 종이를 두 손에 꼭 잡고 있었다.

“거짓말 아닌데.”
“거짓말이야, 전부.”

태온은 아이의 머리칼을 쓰다듬었다. 여기저기 종이학이 찢어진 걸 보니 아마도 아이의 소원이 이루어지지 않았나 보다.

“무슨 소원이었길래 이렇게 열심히 접었어.”

옆에 던져진 종이학을 들어 올려 여기저기 살펴보았다. 아이는 한참 입을 닫고 있었다. 많이 속상해 보였다.

“할머니가 돌아가셨어. 내가 건강해지시라고 얼마나 많이 접었는데.”

아이는 말하다가도 또 서러웠는지 눈물을 보였다. 그런 아이를 태온이 살포시 안고 토닥여주었다. 서로 비슷한 이유로 종이학을 접고 있었다. 너도 누군가를 잃었구나. 나도 열심히 접었는데 끝은 다 어쩔 수 없나 보다.

"나도 열심히 접었는데 소원 안 이루어졌어."

태온이 덤덤한 미소를 지으며 속삭였다. 아이는 눈을 동그랗게 뜨고 태온을 빤히 바라보았다.

"형도?"

아이의 반응에 작은 웃음이 새어 나왔다.

"응, 나도 누구 안 아프고, 행복하길 바라고 매일 많이 접었는데 이젠 못 봐서 슬프네."
"누구였어? 그 친구는 형아?"
"그냥 옆에 없으면 불안하고 봐도 불안한. 그런데도 웃음이 나는 그런 사람이야."
"우리가 너무 큰 소원을 빌었나 보네."
"그런가."
"내가 너무 바보 같았어."

아이는 그 말을 끝으로 종이를 앞으로 던졌다. 태온은 잠시 하늘을 바라보다가 일어나 아이가 던진 종이들을 줍기 시작했다.

"바보 같지는 않아. 우리는 만족하지 않아도 할머니
는 기뻤을 거야."

태온은 조심스럽게 아이에게 위로를 건넸다. 세상에
이렇게 예쁜 바보가 어디에 있어. 그러면서 아이의 볼
을 장난스럽게 꼬집었다.

"진짜 좋아하셨을까."

아이는 아직도 태온의 말을 믿지 않았다. 세상이 나
를 외면한 기분을 느끼고 있을 아이에게 조금의 위로
가 되어주고 싶었기에 다시 옆에 바짝 붙어 앉았다.

"응. 좋아하셨을 거야. ㄱ 누구보나."

태온은 허공을 보고 중얼거렸다. 오랜 침묵이 놀이
터를 가득 채울 동안 태온은 바닥에 휘날리던 색종이
들로 종이학을 접어 아이에게 쥐여주었다.

"이건 너를 위한 학이야."

아이는 고개를 올려 태온을 바라보았다. 태온은 작
게 웃으며 종이학을 더 접기 시작했다. 어느새 아이의
손에는 종이학이 가득했다. 작은 손에서 종이학이 떨

어지기도 했다. 아이는 학들을 꼭 쥐어 잡았다.

"생일 초는 소원 빌고 부는 거 알지."

태온이 마지막 한 마리까지 접어 손 위에 올려놓으며 말했다.

"소원 빌고 날려버려."

태온의 말에 아이는 눈을 감고 한참을 가만히 있었다. 태온도 아이를 가만히 바라보더니 뒤늦게 따라서 눈을 감았다. 길을 잃은 자신에게 나침반을 선물해 준 보답으로 진심으로 속삭였다. 부디 자신처럼 길을 잃지 말기를. 항상 자신의 길을 찾을 수 있기를. 아이는 태온을 힐끔거리더니 볼에 바람을 불어 넣고 내뱉으며 학을 공중으로 날렸다. 구겨진 종이는 다시 날기는 힘든 법이다. 그래도 서로의 바람을 타고 떨어진다. 아이의 표정이 한층 밝아졌다.

"무슨 소원 빌었는지 말하면 안 이루어진다고 했어. 그러니까 나만 알아야 해."

검지를 자신의 입술 위에 올려놓았다.

“맞아, 비밀이잖아.”

아이는 태온의 말이 끝나자마자 종이학들이 떨어진 곳으로 달려와 하나를 집어서 태온에게 건넸다. 태온은 멍하니 종이학을 받았다.

“이건 형 거야. 형도 소원 빌어.”

아이가 턱을 괴며 말했다. 날개에 스치는 손끝이 떨렸다. 태온은 조용히 눈을 감았다. 무슨 소원을 빌어야 하나 고민이 되었다. 정적이 흐르자, 아이가 입을 열었다.

“형, 이거는 형 거니까 형의 소원을 빌어. 다른 사람에게 하는 소원 말고 형을 위한 소원.”

아이는 진지한 표정으로 태온을 바라보았다.

“나를 위한 소원?”

태온이 한쪽 눈을 뜨고 아이를 바라보았다. 아이는 조용히 고개를 끄덕였다. 태온은 짧게 숨을 내쉬고 다시 눈을 감았다. 자신을 위한 소원이라. 한 번도 생각해 본 적이 없다. 실은 서이에게 끝까지 소원을 빌 생각이었다. 자신이 준 모든 것이 한참을 부족했기 때문에 언제나 더 주고 싶어서. 생각해 보니 서이가 정말 원했던 것은 무엇일까. 이미 사라진 것들을 위한 것보다는 남는 이들을 위한 손길을 더 좋아했고 항상 그렇게 생각해 온 것 같다. 서이도 나를 위한 소원을 빌기를 기다리고 있을까.

"네가 원하는 거라면."

태온은 공중에 속삭인 다음에 학을 불어 공중으로 날려 보냈다. 아이는 공중에서 빠르지도 느리지도 않은 속도로 내려가는 종이학을 끝까지 바라보았다. 태온도 천천히 눈을 떠 놀이터 바닥에 착지한 종이학을 바라보았다. 거창한 소원을 빈 학을 생각했다면 실망했을 모습이었다. 어제 비가 와서 그런지 축축한 바닥재에서 종이가 물을 흡수하였다. 너무나도 초라한 모습이기에 쉽사리 눈을 감을 수 없었다. 그렇다고 오래 보기에는 갈기갈기 찢기는 느낌. 설익은 숨결이 공기 중으로 퍼져나갔다. 이젠 제법 쌀쌀해진 날씨. 안녕을 고하기엔 너무 늦은 감이 있다. 이 추운 날에 먼 길을 거닐기에는 서이가 너무 외롭잖아. 적절한 시기에 손을 놓는 법을 배웠어야 한다. 알고 있어도 놓기 싫은 손을 모르고 있다면 평생을 잡고 내 멋대로 했을 것이다.

"너무 어려운 소원을 빌기라도 한 거야?"

소매 끝을 잡고 늘리며 아이가 말했다. 잠시 생각에 빠진 태온의 표정이 심각해 보였나 보다. 태온은 괜찮다며 미소 지었다. 어려운 소원. 그래 어려운 소원인가 봐. 서이, 너를 잊고 잠시나마 혼자 걸을 수 있으면 좋겠다고 아무도 모르게 빌었어. 너조차도 모르게 말이다. 모든 걸 비워내야만 너를 잊을 수 있다면 과연 내가 그걸 할 수 있을까. 나는 끝까시 너의 환상을 붙잡고 바닥을 뒹굴 거야. 손을 바로 놓는다 하더라도 과연 내가 너의 뒷모습을 무시할 수 있겠니.

"아주 어려운 소원이야."
"원래 이런 거 말하면 안 되는데 나는,"

아이가 태온의 눈을 마주치지 못하고 머뭇거렸다.

"괜찮아, 말해줘."
"나는 형이 웃었으면 좋겠다고 빌었어."

바보야, 나 보고는 나를 위한 소원을 빌어야 한다며. 태온은 그 말을 겨우 삼켰다.

"형 웃는 거 좋아. 그러니까 많이 웃어."

그 말을 하며 작디작은 손으로 태온의 볼을 눌렀다.

"형 말이 맞아. 내 소원을 받은 사람은 모두 행복했을 거야. 할머니도 형아도. 나 이제 가야 해. 안녕."

아이는 급하게 인사를 하고 손을 흔들며 놀이터를 빠져나왔다. 태온은 입도 못 떼고 아이와 인사를 해야 했다. 그저 어느새 손을 들고 흔들고 있었다는 것을 느꼈다. 빠르게 뛰어가는 아이의 모습이 어딘가 많이 씩씩해 보였다. 처음 봤던 그날처럼 말이다. 뭔가 딱히 일어나지도 않은 것 같은데 식어버린 우리의 상태는 괜찮았다. 휘날리는 빛 같은 우리는 모두 다시 바람 속으로 뛰어들기에 바빴다. 저 아이도 그랬고, 서이도 무엇보다 태온이 가장 그랬다. 바뀌는 건 없는 것 같아도 정신없이 흔들렸다. 그러다 보니 꺼지지 않는 불꽃으로 자리 잡아 가까운 세상들을 비추고 있었다. 유독 깊은 아이의 눈동자는 바다 앞으로 도망간, 더는 움직일

틈도 없는 어린 시절의 태온을 상상하게 했다.

태온은 생각보다 짧았던 한국에서의 일상을 정리하기로 마음먹었다. 역시 서이 없는 이곳은 어색하기만 했다. 떠나기 전에 아이를 만나고 싶어 매일 놀이터 주변을 서성거렸다. 놀이터는 언제 이곳에 사람이 온 적이 있냐는 듯이 고요하고 서늘했다. 아쉬움을 뒤로하고 항상 발길을 돌렸다. 이상하게도 아이 눈의 깊이만이 생각나고 아이의 정확한 얼굴은 생각이 나지 않았다. 아무리 생각을 해봐도 그저 흐린 날씨처럼 뭉개져 있었다. 점점 정리되어 가는 집과 여전히 서이가 지낼 것 같은 작은 방이 태온을 반겼다. 서이의 방을 빼고는 전부 정리가 끝난 후였다. 언젠가는 내 손으로 시워야지 정리해야 한다고 외치면서 손 한 번 대는 게 힘들었다. 천천히 비치는 서이의 방은 감히 내가 멋대로 정의해서는 안 될 것 같다는 생각에 그저 문턱 앞에 엉거주춤 서서 바라보기만 했다. 어쩌면 학이 소원을 들어주었나 싶을 정도로 아무렇지 않았다. 파랗게 멍이 든 바다는 더 깊어져갔다.

"실례하겠습니다."

방 안으로 조심스럽게 들어온 태온은 짧게 숨을 내쉬고 서랍을 열었다. 이젠 없으면 불안한 낡은 카메라랑 유서가 있었다.

떨리는 손으로 카메라를 들어 상자에 넣었다. 유서랑 카메라만큼은 꼭 가져가고 싶었다. 역시 너를 잊고 나아가는 건 무리였다. 하와이로 가져갈 서이의 물건을 담았다. 얼마 없는 서이의 물건은 상자를 다 채우지도 못하고 덮였다. 언제까지나 끌어안을 수 있을 것 같다고 태온은 생각했다. 단 하루도 떠올리지 않은 날이 없었다. 위태로운 기억 속은 언제나 포근했다. 이제는 정말 돌이킬 수 없는 감정들만이 둘을 이었다. 내 모든 걸 안아줘. 서로에게 속삭이고 영원히 반복될 그 문장은 깊게 스며들었다. 아직도 긴긴 꿈의 끝에 보일 반짝임을 믿고 살아가. 너랑 내가 만난 그때 그 바다처럼 말이야. 그날 잠시 잊고 있던 모든 감정이 떠오르는 걸 느꼈잖아. 마음대로 껴안아 버린 바다는 온전히 내가 감당하기에는 버거웠다. 버거운 만큼 행복하기도 했다. 태온은 천천히 상자를 내려놓았다.

태온은 자신이 비행기를 탈 거라고 상상도 못 했다. 그것도 두 번이나. 두 번째로 보는 상공은 여전히 어색했다. 비행기 좌석에 머리를 기대고 창문 너머의 구름을 바라보았다. 먹먹해진 귀는 마치 수중으로 가라앉고 있다고 이야기해 주는 것 같았다. 이렇게 빨리는 다시 돌아오고 싶지 않았다. 하나씩 너에 대한 모든 걸 내려놓고 하나하나 쓸어내려 내 것으로 만드는 일은 긴 시간이 걸린다. 완전히 너를 놓아주기까지도 무수히 긴 시간이 걸릴 테고. 원망하고 두려워하던 대상에 기대어 환상을 찾아 떠나는 여행은 어떤 기분인지 솔직히 잘 모르겠다.

태온은 여전히 누군가가 그리워지는 밤이면 종이학을 접었다. 그 횟수가 점차 줄어들기는 했지만 언제나 허전할 때면 종이를 반듯하게 접을 것이다. 삼징을 눈에 담고 이름을 붙이지 않은 상태 그대로 학에 실어 보내는 것. 이제는 모든 게 시작되었던 오아후섬이 코앞이다. 태온은 다시 왔다. 시작이자 끝인 오아후섬에. 비록 끝엔 미처 다 속삭이지 못한 말들을 무겁게 가져가야만 했다. 다 알면서 가끔은 밉게 모른척했던 것들. 절박하게 목을 긁어대던 그 말들. 쏟아져 나와도 들을 사람 한 명 없는 뚝뚝 끊기는 그 말.

물론 태온은 이 말을 그 누구에게도 하지 않을 거라

다짐했다. 한 사람에게만 나지막이 속삭일 수 있는 말이고, 그런 사람은 이제 없으니까.

공항에서 막 나온 태온은 커다란 캐리어를 덩그러니 끌었다. 오랜만에 마시는 채도 높은 공기가 폐로 들어왔다. 여기서는 처음에도 혼자였는데 지금은 혼자인 게 왜 이렇게 어색하다고 느껴지는지. 그나마 바람 속에서 느껴지는 바다 냄새 덕분에 걱정 없이 걸음을 옮길 수 있었다.

태온은 평생을 함께한 풍경이 너무나 낯설게 느껴졌다. 뭐든 일단 삼키고 볼 것 같은 바다와 파도, 오렌지색으로 물든 하늘. 태온은 가방에서 서이의 카메라를 꺼내 손에 쥐었다. 캐리어를 해변 입구에 두고 해변으로 뛰어들었다. 카메라 너머의 세상은 아직 빛나고 있었다. 부드러운 모래 속으로 발이 파고들었다.

아무도 없는 바다는 태온의 허밍 소리와 카메라 셔터 소리만 들려왔다. 파도는 숨죽이듯 낮게 피어올랐다. 이 허밍 소리가 잘 들리도록 침묵하는 것도 같았다. 허밍 소리는 천천히 노을을 삼키고 뱉어내기를 반복했다. 그러고는 건넬 수 없는 말들처럼 뚝뚝 끊기다 익사하고 말았다.

서이야.

네 없이도 살기에 지장이 없어 보이는 세상이 미워.
너를 위한 말이지만 끝까지 너에게 말하지
못하는 말만이 나를 살게 하더라.
너도 이런 생각을 했을까.
지금 나는 다시 오아후섬인데
너는 어디에 있는지 궁금해.
파도 속에 숨어있을까 싶어서
파도가 크게 치는 쪽을 유심히 살펴보기도 했어.
너는 어쩌다 이 섬에서 나를 발견했는지 모르겠는데.
그날 너를 만나지 못했더라면 평생을
후회하는 기분으로 살았을지도 몰라.
너라는 존재를 모르고 산다는 게
얼마나 끔찍한 이야기인지 너는 모르지.
하긴, 너무 밝아서 못 알아볼 수가 없다.
네가 바라는 대로 나, 네 생각 안 날 정도로
미친 듯이 파도 타고 사진 찍을 거야.
서운해하기 없기다?
사실 다 거짓말이고 보고 싶어.
그러니까 빨리 와.
아무 말 없이 와서 바라만 봐도 좋으니까, 와.
꿈에서 만나도 좋으니까, 와.
그냥 와줘. 보고 싶으니까.
파도 속에서 기다릴게.

작가의 말

여러분은 저의 이야기를 읽고 어떤 생각을 했고 어떤 감정들이 여러분을 사로잡았나요? 저는 이 글로 누군가를 위로하고 용기를 주고 싶어서 쓰게 되었습니다. 무엇보다 울고 싶어서 쓴 글이기도 합니다. 단단해지라는 말에 단단해지고 싶어서. 그래서 쓴 글입니다. 나 자신에게 주고 싶은 위로이기도 합니다. 부디 한 사람이라도 이 글을 읽고 마음껏 울었으면 좋겠습니다. 예쁜 문장 꼭꼭 담아 만든 제 이야기가 많은 이들의 감정을 쓸어내렸으면 합니다.

이 둘의 이야기엔 어떤 감정이 들었을까요. 왜 이들은 감정을 입에 담지 못 했을까요. 과연 그게 감정이긴 할까요. 어떤 감정으로 서로를 마주했을까요. 또 사랑은 뭘까요. 전 이런 질문이 좋더라고요. 누구나 한 번쯤 이들과 같은 상황이었을 텐데. 사랑과는 거리가 먼데 다들 사랑이라 정의하고 단정 짓는 상황. 마땅한 표현이 없어서 스쳐가듯 사랑이라고 일단 이름을 붙이진 않았나요? 제가 이 글을 통해 하고 싶었던 말을 서이를 통해 많이 말했어요. 스스로 단단해지는 법을 글에 녹이고 싶어 '서이'라는 캐릭터를 넣었어요. 제가 되고 싶은 모습이기도 하고요. 이름을 붙이진 말고 온전히 느껴 자신의 것으로 만드는 것. 이름이란 것은 우리가 분리하기 쉬워지기 위해 붙인 건데. 우리가 멋대로 지은 이름들이 굳이 필요가 있을까 싶네요. 파악하기보다는 일단 그냥 그 자체로 느껴봐요. 그리고 나서는 여러분 마음이에요. 내 것이니 무얼 하든 상관없죠. 저는 그걸 글로 표현하고 태온은 파도를 타고 서이는 사진을 찍는 겁니다.

이 글을 읽는 동안 들었던 모든 노래들에게 감사를 전합니다. 그들이 없었다면 저는 쉽게 글을 쓰지 못 했을 거예요. 처음으로 끝까지 다 쓴 소설인데, 이제는 작별해야 한다니 기분이 묘하네요. 많은 사람들이 제 글을 읽어주었으면 합니다. 이 글에게 수고했다고 말하고 싶어요. 이제 네 차례라고 한없이 반짝이라고. 첫 책 'Click!'을 시작으로 제 작가 생활이 진짜로 시작되었네요. 앞으로도 제 색채를 잃지 않고 누군가를 위로할 수 있는 책을 쓰도록 하겠습니다. 이 글을 쓰면서 응원해 주셨던 제 주변 모든 분들께 정말 감사합니다. 용기를 얻고 더 나은 글을 쓸 수 있었답니다. 모두들 하루하루 빛나는 삶을 살아가세요. 너무 밝지 않아도 좋으니까요. 나를 움직이게 하고 성찰하고 사랑하게 해주는 나의 모든 뮤즈들에게 감사의 인사를 전합니다. 덕분에 오늘도 숨을 쉬고 반성하고 나 자신을 토닥이며 살아갑니다. 그래서 오늘도 누군가를 위로하기 위해 어떤 글을 써야 할지 고민해요. 저는 생각했어요, '무너지기에는 너무 반짝인다.'라고 말이죠. 맞아요, 모든 것은 언제나 무너지기에는 반짝입니다. 오늘도 반짝이는 당신을 위해 저는 다시 글을 씁니다. 모든 것이 계속 반짝이길 바라는 마음으로 이 이야기를 마칩니다. 감사합니다.

Click 클릭

지은이 원예령
기 획 눈맞춤작가단
활 동 청소년자치공간 달그락달그락

편 집 김대겸
표 지 원예령
제 작 청소년자치연구소
총 괄 정건희

펴낸이 김대겸
브랜드 틴밀(Teenmill)
발행처 책방앗간
등 록 2023년 6월 21일 제2023-000001호
주 소 충청남도 서천군 장항읍 장서로43번길 46
홈페이지 http://www.youthauto.net/
전자우편 bookmill@kakao.com

ISBN 979-11-984554-6-8 (03810)

초판 1쇄 발행 2026년 2월 1일

이 책의 전부 또는 일부 내용을 재사용하려면 반드시
사전에 저작권자와 출판사의 동의를 받아야 합니다.